헌터 레볼루션

헌터 레볼루션

1판 1쇄 찍음 2019년 9월 3일
1판 1쇄 펴냄 2019년 9월 9일

지은이 | 정사부
펴낸이 | 정 필
펴낸곳 | **(주)뿔미디어**

편집장 | 문정흠
기획 · 편집 | 안진수 · 이창언

출판등록 | 2002년 9월 11일 (제1081-1-132호)
주소 | 경기도 부천시 원미구 소향로 17번길(두성프라자) 303호 (우) 14544
전화 | 032)651-6513 / 팩스 032)651-6094
E-mail | bbulmedia@hanmail.net
비북스 | http://www.b-books.co.kr

값 8,000원

ISBN 979-11-315-9937-2 04810
ISBN 979-11-315-9849-8 04810 (세트)

※파본은 구입하신 서점에서 교환하여 드립니다.

※이 책은 (주)뿔미디어를 통해 독점 계약되었습니다.
저작권법에 의해 보호를 받는 저작물이므로 무단 전재와 무단 복제를 엄금합니다.

BBULMEDIA FANTASY STORY

헌터 레볼루션

정사부 현대 판타지 장편 소설

1. 공간 왜곡

재식을 포함한 파티원 네 명이 달음박질치는 소리가 동굴 안을 울렸다.

이미 들킨 이상 애써 발소리를 죽일 필요가 없었고, 네 사람의 발소리보다 그들을 쫓아오는 추격자들이 더 큰 소음을 내는 상황이라 발을 놀리는 데 거침이 없었다.

키에에엑!

일행의 등 뒤에서 고블린 울음소리가 들리자, 재식은 목덜미를 훑고 지나가는 섬뜩함에 놀라 흠칫했다.

그로 인해 잠시 균형을 잃으며 비틀거렸지만, 얼른 중심을 잡았다.

그러고 나서 혹여나 넘어지지 않기 위해 발밑을 확인하며 다시 내달렸다.

동굴 벽과 천장에는 재질을 알 수 없는 빛나는 광석이 드문드문 박혀 동굴 내부를 밝혔다.

덕분에 아주 밝지는 않지만, 사물의 형태나 동굴에 나 있는 길을 분간하기에는 충분했다.

그렇기에 재식과 다른 이들은 준비해온 플래시를 켜지 않고도 뛸 수 있었다.

얼마나 달렸을까, 선두에 선 종욱이 달리던 걸 멈추고 주먹을 쥐어 들어 올렸다.

그러자 그의 뒤를 쫓아 달리던 파티원들이 수신호를 확인하고 멈춰 섰다.

드디어 넓은 길이 좁아지는 길목에 도착한 것이었다.

멀리서는 여전히 무질서한 발자국 소리와 고블린들이 울부짖는 소음이 들려왔다.

중간에 갈림길이 없으니, 이대로 기다리면 고블린 무리와 조우할 게 빤했다.

"이 정도로 좁은 길목이면, 싸우다 뒤를 잡힐 일은 없을 겁니다. 게다가 한 번 해볼 만한 숫자일 테니, 결전을 치릅시다."

가만히 고블린 무리의 발소리를 듣던 종욱이 파티원들에게 말했다.

무질서한 발자국 소리에도 경험 많은 종욱은 고블린 무리의 숫자가 어느 정도일지 대강이나마 파악할 수 있었다.

"가만히 기다리다가 정면으로 충돌하는 것보다는 숨어서 선두를 기습하는 게 좋겠습니다."

바로 이어서 종욱이 의견을 제시하자, 파티원들은 이견이 없는지 고개를 끄덕였다.

재식을 비롯한 파티원들은 신속하게 엄폐물을 찾아 그 뒤에 몸을 숨겼다.

종욱은 다른 파티원들이 자신을 볼 수 있는 지점에 자리를 잡았다.

그러더니 손가락을 붙인 채 손을 쭉 펴서 손등이 보이게 들어 보였다.

그건 대기 신호였다.

끼기긱!

고블린 특유의 울음소리는 점점 가까이 다가왔지만, 종욱의 수신호는 그대로였다.

재식은 찰나의 시간이 이토록 길게 느껴지는 건 처음이었다.

속으로 욕지거리를 삼킨 재식이 이마에서 턱으로 주르륵 흘러내린 땀을 어깨로 대충 훔쳤을 때, 종욱의 엄지손가락이 접혔다.

재식은 바짝 긴장하며, 카타르를 쥔 양손에 조금 더 힘을 줬다.

곧이어 집게손가락이 접혔다.

재식은 심호흡하며 긴장감을 덜어내기 위해 노력했다.

다음으로 접힌 건 가운뎃손가락이었다.

슬쩍 고개를 내밀어 전방을 확인하니, 고블린 무리가 코 앞까지 다가온 상황이었다.

약손가락이 접히자, 재식은 당장이라도 뛰쳐나갈 수 있도록 다리에 힘을 줬다.

고블린 무리가 지근거리까지 접근하자, 종욱은 새끼손가락을 접는 대신 다시 손가락을 활짝 펴 손끝으로 전방을 가리켰다.

"얍!"

"하얏!"

휘익!

종욱이 앞장서자, 뒤이어 파티원들이 엄폐물에서 나와 고블린을 향해 일제히 달려들었다.

재식을 제외한 다른 파티원들은 달려 나가며 맹수의 유전자를 활성화했다.

처음부터 맹수의 유전자를 활성화시킨 채 기다리는 게 아니라, 전투를 시작하며 유전자를 활성화하는 것은 조금이라도 체력을 아끼기 위한 헌터들의 노하우였다.

그것만으로도 이들이 얼마나 사냥에 익숙한지 잘 알 수

있었다.

유전자 변형 시술을 받은 지 얼마 되지 않은 헌터나, 맹수의 유전자 활성화에 익숙하지 않은 헌터는 자신의 능력을 사용하기까지 많은 시간을 소비한다.

맹수의 유전자를 활성화하고 유지하는 것 자체가 신경을 쏟아야 하는 일이다 보니, 그 과정에서 체력 손실이 발생한다.

물론, 레벨이 오르고 활성화에 익숙해지면 점점 체력 소모는 줄어들기 마련이었다.

쾅! 콰광!

끼아악!

끼기긱!

유전자 능력을 활성화한 헌터들은 기습에 당황한 고블린들에게 재빨리 접근하며 손에 쥔 무기를 휘둘러 공격했다.

마치, 못생기고 추악한 양 떼를 노리고 곰과 늑대가 뛰어들어 유린하는 것과 같은 광경이 펼쳐졌다.

"재식 씨! 후미로 돌아서 고블린들이 도망치지 못하게 막아!"

종욱은 파티원 중 가장 몸이 날랜 재식에게 지시를 내렸다.

전황이 유리하게 바뀌었지만, 이곳은 고블린이 서식하는 동굴이었다.

자칫 한 마리라도 놓쳤다간 어떤 일이 벌어질지 알 수가 없었다.

어쩌면 많은 수의 동족을 데리고 돌아올지도 모를 일이었다.

그러니 고블린의 수를 빠르게 줄이는 것도 중요하지만, 도망치려 하는 고블린까지 남김없이 잡아야만 했다.

"알겠습니다!"

재식은 파티장인 종욱의 말이 떨어지기 무섭게 자신의 앞을 가로막은 고블린의 심장에 카타르를 찔러 넣었다.

그러고 나서 재빨리 무기를 회수한 재식은 동굴 벽에 보이는 불규칙한 돌출부를 밟아 도약했다.

다섯 번 정도 벽을 박찬 재식은 고블린 무리의 뒤쪽에 사뿐히 착지했다.

키엑!

재식이 퇴로를 막아서자, 후미의 고블린 몇 마리가 당황하며 재식을 마주 보기 위해 몸을 돌렸다.

하지만 대다수의 고블린은 정면에서 압박해 오는 파티원들의 공세에 정신이 팔려 있었다.

'대략 열 마리 정도… 이 정도면 놈들이 한 번에 덤벼들어도 문제는 없어.'

재식은 자신을 바라보는 고블린의 수를 어림짐작하며 속으로 안도의 한숨을 내쉬었다.

만약 재식이 생각 외로 고블린 무리의 시선을 더 끌었다면, 오히려 수세에 몰려 고전을 면치 못했을 것이다.

어차피 고블린을 잡아 수익을 정산할 때는 머릿수로 공평하게 나눌 터였다.

비록 헌터 협회의 의뢰를 받아 꾸려진 임시 파티에 불과하지만, 투명한 정산은 헌터들 사이에서 암묵적인 철칙이니 걱정할 필요가 없었다.

그러니 누가 몬스터를 조금 더 잡고 덜 잡는 게 중요한 일이 아니라, 파티장인 종욱의 지시대로 움직여 맡은바 역할을 얼마나 충실히 수행하느냐가 관건이었다.

파티원들과의 호흡을 간과한 채 혼자 날뛰는 건 큰 민폐였다.

재식은 자신의 몫을 다하기 위해 먼저 달려들기보다는 길목을 지키고 서서 섣불리 움직이지 않았다.

그러자 고블린은 더욱 당황하며 소리를 질러 댔다.

끼악!

종욱을 비롯한 이들의 활약으로 이미 고블린 무리 중 절반의 숫자가 줄어든 상태였다.

그러다 보니 재식과 마주선 열댓 마리의 고블린은 힐끗힐끗 뒤쪽을 바라보며 주춤거릴 뿐, 먼저 나서서 공격을 가하지 않았다.

보통 고블린이란 몬스터는 상대의 덩치가 크더라도 자신

들의 숫자가 충분히 많다고 판단되면 물러서기보단 죽기 살기로 공격을 감행한다.

하지만 숫자가 비슷하기나 적어 불리하다 생각되면, 뒤도 돌아보지 않고 도망치는 습성이 있었다.

방금 전, 전투를 벌일 때까지는 자신들의 숫자가 많았는데, 정신을 차려보니 이미 수적 우위가 무색해졌다.

그렇기에 싸움을 계속할지 아니면 후퇴할지 결정해야만 하는 상황이었다.

그런데 재식이 퇴로를 떡하니 막아버리니, 고블린들은 진퇴양난에 놓이고 말았다.

급기야 전방의 고블린들이 뒷걸음질 치며 후미의 동료들을 밀어내기 시작했고, 재식과 가까워질 수밖에 없는 놈들은 혼비백산해 비명을 터뜨렸다.

키아악!

그러거나 말거나, 종욱을 비롯한 파티원들은 더욱더 집요하게 공격을 퍼부었다.

재식도 언제든 덤벼보라는 듯 양팔을 들어 올려 반격 자세를 취했다.

'완전히 긴장한 새끼 고양이가 따로 없네.'

재식은 얼마 남지 않은 고블린을 바라보며, 속으로 실소를 터뜨렸다.

"재식 씨, 한 번에 덮쳐서 빠르게 마무리합시다!"

다시 한 번 종욱의 지시가 내려지자, 재식은 곧장 땅을 박차고 앞으로 내달렸다.

　앞뒤로 포위당한 소수의 고블린들은 우왕좌왕하다 변변 찮은 반격도 못해보고 생을 마감했다.

　끄륵!

　마지막 고블린이 재식의 카타르에 가슴을 꿰뚫려 숨을 거뒀고, 고블린과의 전투가 막을 내렸다.

　"하아, 하아… 다들 힘든 건 알겠는데, 심장의 마정석을 빨리 챙깁시다. 피 냄새를 맡은 놈들이 모여들 수도 있습니다."

　종욱은 가쁜 숨을 몰아쉬며 명령했다.

　"휴우, 잠깐 숨 좀 돌리고 시작하면 안 됩니까?"

　파티원 중 한 명이 투덜거렸지만, 그를 제외한 이들은 분주히 손을 놀려 고블린의 가슴을 갈라 마정석을 찾는 데 집중했다.

　그러자 그는 한숨을 푹 몰아쉬더니, 가까이에 널브러진 고블린의 심장을 헤집었다.

　"확실히 게이트 안쪽의 몬스터에게 채취한 마정석이라 상태가 좋네."

　곰 유전자를 비활성화시켜 다시 사람의 형상으로 돌아온 헌터가 고블린 시체에서 채취한 마정석을 바라보며 혼자 중 얼거렸다.

가까이서 그 말을 엿들은 재식은 내심 깜짝 놀랄 수밖에 없었다.

전날 미발견 게이트 근처에서 고블린 한 마리를 잡아 마정석을 채취했을 때, 유독 품질이 좋아 보였지만 그건 단순히 운이 좋았을 뿐이라 여겼다.

그도 그럴 것이, 재식은 게이트 안의 몬스터를 상대해본 경험이 없어 비교해볼 만한 정보가 전무했다.

'같은 종의 몬스터라도 게이트 안과 밖에서 나오는 마정석의 품질이 다르단 말인가?'

재식은 지금까지 누구도 가르쳐 주지 않은 정보를 하나를 얻었다.

생각지도 못하게 꽤나 중요한 지식을 손에 넣은 재식은 이번 의뢰를 받길 참 잘했다고 생각했다.

"마정석 채취가 끝났으면 대충 정리하고 이동합니다."

종욱은 파티원들이 마정석을 채취하는 동안, 혹시나 있을지 모를 기습을 경계하던 중이었다.

그러다 어느 정도 시간이 흐르자 그만 자리를 벗어나자 제안했다.

수입원이 되는 마정석을 채취하는 것은 중요한 일이었다.

하지만 실종자들의 흔적을 발견하지 못했다면 모를까, 고블린에게 끌려간 게 빤한 상황에서 언제까지 시간을 허비할 수는 없었다.

"저는 두 개 채취했습니다."

재식이 먼저 입을 열자, 다른 파티원들도 자신이 채취한 마정석 수를 종욱에게 보고했다.

종욱은 고개를 끄덕이고 다음 지시를 전파했다.

"고블린 사체는 대충 길가로 밀어 둡시다."

고블린 시체를 숨긴다고 사방으로 튄 혈흔 등의 전투 흔적을 완벽하게 지울 수 있을 리가 없었다.

하지만 혹시라도 이 길을 다시 지나치거나 전투를 벌일 경우를 대비해 장소를 정리해 두는 것이었다.

"자, 다 끝났으면 다시 이동합시다."

재식과 파티원들은 다시 헌터들의 흔적이 발견한 장소로 이동했다.

그리고 나서 바닥에 남은 혈흔을 쫓아 움직였다.

그런데 걸음을 옮기던 종욱이 갑자기 멈춰 서더니 몸을 돌려 뒤를 돌아봤다.

그러자 재식의 앞에서 걷던 파티원들까지 무슨 일인가 싶어 후방을 바라봤다.

'설마, 고블린이 뒤에서 다가오는 건가? 나는 아무것도 들리지 않았는데…….'

크게 당황한 재식도 서둘러 고개를 돌리려던 찰나, 종욱의 작은 목소리가 들렸다.

"아무 일도 아닙니다. 발자국 소리가 하나 덜 들리는 것 같아서 확인해본 것뿐입니다.”

“어휴, 깜짝이야. 설마 기습이라도 당하는 건가 싶어 십 년간수했습니다.

“저도요. 등골이 오싹했어요.”

종욱의 설명에 다른 파티원들이 너스레를 떨며 다시 전방을 주시했고, 종욱은 고개를 한 번 갸우뚱해 보이더니 다시 발걸음을 옮겼다.

재식만 쓴웃음을 지을 뿐이었다.

‘너무 조용한 것도 문제인 건가?’

재식은 대규모 고블린 무리를 상대한 뒤, 조금 더 조심하자는 생각으로 발소리를 줄여 걸었다.

이는 재식이 아직 성신 길드 소속일 때, 자신의 주력 무기가 고대 인도의 암살 집단이 사용하던 무기라는 점을 고려해 기척을 죽이는 방법을 익혀둔 것이었다.

암살자라면 응당 최대한 기척을 내지 않고 목표에 접근할 수 있는 능력이 있어야만 했다.

그래서 재식은 카타르의 특성을 더욱 살리기 위해 스스로 연구하고, 성신 길드 교관들의 조언을 구해 발소리와 기척을 줄이는 방법을 터득했다.

자신이 성신 길드에 오래 있지 못할 것을 이미 알기에, 재식은 어떻게 해서든 많은 것을 배워야 한다는 생각으로 밤낮을 가리지 않고 교관들에게 매달렸다.

그런데 그 행동을 헌터의 열정으로 착각한 교관들은 재식을 태도를 칭찬하며 적극적으로 도와줬다.

그때 당시만 하더라도 재식은 성신 길드의 교관과 자신이 시술받은 유전자 앰플이 달라 그리 큰 효용이 없으리라 여겼다.

하지만 재식은 성신 길드를 나온 뒤에도 배운 것들을 자신의 것으로 소화하기 위해 노력을 멈추지 않았다.

덕분에 지금은 조금 빨리 달리더라도 주의 깊게 듣지 않으면, 누가 있다는 걸 알아차리기 힘들 정도의 수준까지 발전했다.

조용히 걷는다면, 종욱처럼 사람 하나가 갑자기 사라진 듯한 느낌을 받게 될 정도였다.

그렇게 얼마나 걸었을까.

재식과 파티원들은 갑작스런 고블린의 기습을 받았다.

놈들은 재식 일행이 지나갈 걸 미리 알고 있었다는 듯 동굴 천장 가까이 뚫린 통로에서 우르르 떨어져 내렸다.

끼약!

"젠장! 다들 응전하면서 최대한 뒤쪽으로 물러납시다."

종욱은 자신의 머리 위로 떨어지는 고블린을 피해 뒤쪽으로 도약했다.

그러자 다른 파티원들도 다시 맹수의 유전자를 활성화시키며 종욱과 함께 물러섰다.

종욱은 뒤쪽을 가로막은 고블린을 돌파해 포위를 벗어날 계획이었다.

하지만 이미 퇴로를 막힌 상태라 교전으로 이어지며 발목을 붙잡혀 고블린의 포위망에 갇히고 말았다.

고블린의 기습을 눈치채자마자 맹수 유전자를 활성화해 심각한 부상을 입지는 않았지만, 불리한 상황이라는 건 분명했다.

"내 뒤를 따라와!"

방패를 내민 곰이 길목을 막아선 고블린들을 향해 무식하게 돌진했다.

"어서 따라붙어요!"

파티원 중 한 명이 돌발 행동을 취했지만, 종욱은 당황하지 않고 침착하게 지시를 내렸다.

키엑!

끄엑!

고블린들은 용감하게 헌터들에게 달려들었지만, 방패에 부딪히는 족족 멀찍이 나가떨어졌다.

방패 헌터의 옆을 노리고 공격하는 녀석들도 있었지만, 그건 뒤쪽으로 따라붙은 파티원들이 막아냈다.

그렇게 고블린의 포위망을 뚫고 빠져나온 헌터들은 숨을 고를 시간도 없이 바로 몸을 돌려 놈들을 상대했다.

하지만 놈들도 생각이라는 게 있다는 걸 증명하듯 일부

고블린들이 주변에 널린 종유석과 바위 덩어리의 사각을 이용해 다시 한 번 헌터들을 포위하기 위해 움직였다.

'이런… 이대로는 다시 포위당하고 말겠어.'

재식은 고블린이 지형의 사각지대로 들어가는 걸 바라보며 혀끝을 찼다.

"옆으로 돌아오는 놈들은 제가 맡겠습니다!"

"혼자서 가능하겠어?"

"최선을 다해 보겠습니다!"

말을 마친 재식은 곧장 길가로 몸을 날렸다.

그 순간, 다른 헌터들은 유기적으로 움직이며 간격을 벌려 재식이 빠진 틈을 메웠다.

눈에 잘 띄지 않는 소소한 부분이지만, 그것 하나만으로 재식은 자신이 속한 파티의 실력이 길드 소속 헌터들에 비해 못지않다는 것을 깨달았다.

'헌터 길드에 소속된 헌터는 아니지만, 상당한 실력자라는 건 확실해.'

재식은 자신이 빠지더라도 남은 이들이 충분히 고블린을 상대할 수 있다는 걸 확신할 수 있었다.

"오른쪽으로 도는 놈들부터 정리하겠습니다. 왼쪽으로 돌아오는 기습에 주의하세요!"

재식은 파티를 기준으로, 왼쪽보다 오른쪽의 고블린 수가 많다는 걸 확인한 상태였다.

그래서 재빨리 먼저 오른쪽의 고블린을 정리하자 마음먹었다.

재식은 종유석과 바위 사이의 틈으로 이동하는 고블린을 닥치는 대로 사냥했다.

좁은 틈 사이에서의 전투는 서로가 서로를 향해 무기를 찔러대는 것 외에는 방법이 없었다.

그러다 보니, 신장에서 우세한 재식은 일방적으로 고블린을 학살할 수 있었다.

순식간에 고블린 열두 마리의 목숨을 거둔 재식은 더 이상 움직임이 보이지 않자, 반대편으로 이동했다.

하지만 왼편의 고블린들은 오던 길을 되돌아갔는지 눈에 보이는 놈들이 없었다.

오른쪽에는 사람이 오갈 수 있을 정도의 틈은 있었다.

하지만 왼쪽엔 팔 하나 비집어 넣기도 힘들 정도로 빽빽하게 종유석이 자라 있었다.

다시 파티원들에게 돌아가 합류하려던 때, 재식은 지금 자신이 취해야 할 가장 이상적인 포지션에 대해서 고민했다.

파티원들은 다들 중급 헌터였고, 고블린들의 집요한 공격에도 큰 부상 없이 차근차근 놈들의 수를 줄여 나가는 중이었다.

이대로 파티에 합류하는 건 극적인 효과를 기대하기 힘들었다.

차라리 조금 시간이 걸리더라도, 파티의 오른쪽으로 돌아가서 고블린 무리의 뒤를 기습한다면 고블린들을 혼란에 빠지게 만들 수 있을 것만 같았다.

생각을 마친 재식은 오른쪽 샛길로 다시 움직였다.

고블린 시체가 그대로 남아 있어서 지나가는 데 조금 어려움을 겪었지만, 고블린 무리의 후미에 도착할 수 있었다.

"합!"

재식은 망설임 없이 1인 기습을 감행했다.

한창 헌터를 공격하던 고블린들은 느닷없이 뒤쪽에서 기합 소리가 들리자 깜짝 놀라고 말았다.

한편, 고블린의 기습을 당한 종욱과 파티원들은 유전자의 힘을 최대한 끌어 올려 고블린에 맞서고 있었다.

고블린 무리 너머에서 기합 소리가 들리자 종욱은 눈빛을 반짝였다.

그는 재식이 자신의 일을 마치고 고블린 무리의 후미로 돌아갔다는 걸 깨달았다.

"재식 씨가 다시 합류했으니, 조금 더 적극적으로 공세를 취합시다!"

"예, 알겠습니다."

"알겠습니다."

종욱의 지시에 파티원들이 힘차게 대답하며 당황하며 공

세가 느슨해진 고블린들을 공격했다.

＊　　　＊　　　＊

중학교 정문 앞에 자리한 분식집이라 그런지, 오늘도 학원 버스를 기다리기 위해 건물 앞으로 몰려든 학생들이 잡담을 나누느라 시끌벅적했다.

웅성웅성.

그중 일부는 참새가 방앗간 낱알을 쫓듯 분식집 안으로 들어와 정숙에게 먹고 싶은 음식을 주문했다.

"아줌마, 떡볶이 1인분이랑 야채 김밥 한 줄, 그리고 튀김 1인분 주세요."

"그래, 잠시만 기다리렴."

"아줌마, 저도 떡볶이 1인분이랑 튀김 1인분 주세요."

"저도요."

한 명이 주문하기 무섭게 또 다른 아이의 주문이 이어졌다.

정신없이 떡볶이며 김밥 등을 주문하는 통에 정숙은 눈코 뜰 새 없이 바빴다.

그런데 불티나게 팔리던 떡볶이가 마침내 동나고 말았다.

"이런, 떡볶이가 다 떨어졌네. 어쩌지? 조금만 기다려 줄래?"

정숙이 미안한 기색을 내비치며 양해를 구하자, 막 주문한 아이는 방긋 웃으며 고개를 끄덕였다.

"괜찮아요. 저흰 시간 많이 남아서 기다렸다가 먹어도 돼요."

보통 아이들은 자신이 먹고 싶은 것을 바로 먹지 못하면 짜증을 내기 일쑤인데, 그 아이는 그런 티를 내지 않았다.

"아줌마가 얼른 만들어서 줄게. 조금만 기다려."

다행히 떡볶이를 주문한 아이가 이해심 많은 것에 내심 안도의 한숨을 쉰 정숙은 얼른 떡볶이를 다시 조리했다.

떡볶이를 조리하는 커다란 철판에 뜨거운 물 한 바가지를 붓고, 쌀떡과 고추장, 소금 등이 들어갔다.

새로 떡볶이를 만들기 위해 양념을 하고 있을 때, 이를 지켜보던 다른 아이가 소리쳤다.

"아줌마!"

한참 정신없이 양념을 만드는데, 느닷없는 아이의 고함소리에 정숙은 깜짝 놀라고 말았다.

"어머, 무슨 일이니?"

아이는 정숙의 질문에 인상을 찌푸리며 자신이 본 것을 그대로 이야기했다.

"아줌마, 방금 소금 쳤는데, 또 넣으셨어요."

"응? 내가 소금을 두 번이나 넣었다고?"

"네, 옆에 있는 설탕을 넣어야 하는데, 소금을 또 넣으셨어요."

단골들 중에 유난히 떡볶이를 좋아하는 애들은 가끔 집에서 직접 해서 먹기도 한다는 얘길 들었다.

아마 눈앞의 아이도 그런 모양이었다.

집에서 엄마한테 배웠든 인터넷에서 레시피를 찾아 봤든 떡볶이에 들어가는 재료를 알기에 정숙의 실수를 짚어낼 수 있었을 것이다.

"이런, 아줌마가 실수했나 보다. 금방 다시 해줄게. 미안해."

정숙은 얼른 학생에게 사과하고 소금을 너무 많이 넣어 못쓰게 된 떡볶이 양념을 한쪽으로 치웠다.

그러고 나서 새로 냄비를 꺼내 일단 아이들에게 해줘야 할 분량만 빠르게 조리했다.

'내가 무슨 정신으로 이런 실수를 했지?'

정숙은 새로 떡볶이를 만들면서 이해할 수 없다는 듯 고개를 갸우뚱했다.

지금까지 한 번도 이런 실수를 한 적이 없었다.

그런데 오늘은 이상하게 라면을 끓이면서 계란을 넣지 않는다든가 김밥에 단무지를 빼먹는다든가 하는 자잘한 실수가 잦았다.

*　　　*　　　*

성훈은 쇠스랑을 들고 화단을 정리하는 중이었다.

겨우내 단단하게 언 땅은 3월에 접어들며 물러졌다.

그래서 운동도 할 겸 집 화단을 정리해 텃밭을 만들자 마음먹고, 땅을 갈아엎어 돌멩이를 골라냈다.

"웃차!"

아직 몸이 정상이 아니기에 일이 조금 힘에 부치지만, 그래도 답답하게 하루 종일 집 안에 있기보다는 이렇게 조금씩이라도 움직여 주는 것이 재활에 도움이 될 터였다.

아직 쌀쌀한 날씨지만, 바깥바람이 상쾌하니 기분이 좋았다.

얼마간 끙끙대며 홀로 고군분투하던 성훈은 추위를 잊을 만큼 땀을 흘려 댔다.

"후우, 별로 움직이지도 않았는데, 조금 힘겹네."

몬스터에게 상처를 입기 전까지만 해도 어지간해서는 체력적으로 달리는 일이 없었는데, 지금은 몇 년이나 자리에 누워 있다 일어났더니 몸이 많이 상한 모양이었다.

하지만 성훈은 힘들다고 해서 관둘 생각은 없었다.

한시라도 빨리 건강을 되찾는 것이 아들에게 보답하는 길이라 여겼기 때문이다.

성훈은 재식이 자신의 아들이지만, 도움을 받기만 하는 게 당연하다 생각하지 않았다.

아버지로서 해주지 못한 것이 너무 많은데, 자신을 대신해 집안의 생계를 짊어진 어머니와 병든 아버지를 봉양할 수밖에 없었다는 게 너무나 미안했다.

"에고⋯⋯."

아들이 고생했을 걸 생각하니, 성훈은 자신도 모르게 한탄 섞인 한숨을 내쉬고 말았다.

"엇!"

하지만 그것도 잠시, 순간적으로 머리가 핑 하고 도는 듯한 어지럼증을 느끼며 자리에 주저앉고 말았다.

다행히 쇠스랑을 짚어 바로 쓰러지지 않은 덕분에 다치지는 않았지만, 이상하게 가슴이 두근거리는 게 멈추지 않았다.

'뭐지? 갑자기 왜 이렇게 불안한 거지⋯⋯.'

성훈은 뭔가 잘못된 것 아닌가 싶어 가슴을 움켜쥐었다.

오래전 게이트 브레이크로 몬스터가 쏟아져 나왔을 때, 아내와 어린 자식을 지키기 위해 나서며 느낀 것과 같은 불길함에 성훈의 심장이 두방망이질 쳤다.

하지만 집 주변에는 그때와 같은 게이트 브레이크는커녕 그 전조 현상도 찾아볼 수 없었다.

그림에도 불구하고 그 당시와 비슷한 두려움에 성훈은 불안감을 떨쳐 버리지 못했다.

＊　　　＊　　　＊

　실종된 헌터를 찾기 위해 던전 안을 탐사하던 재식과 파
티원들은 뭔가 이상하다는 걸 깨닫고 걸음을 멈췄다.

　비록 던전 내부가 동굴이라 어디나 비슷하게 보이지만,
방금 전부터 보이는 풍경은 어디서 본 적 있는 것처럼 너무
익숙했다.

　마치 같은 곳을 계속해서 돌고 있는 듯한 느낌을 받은 것
이다.

　'잠깐만…… 이거 왔던 길 아닌가?'

　재식은 앞으로 길게 뻗은 통로가 너무 낯익었다.

　"파티장님, 이거 이상한데요."

　"네. 아무래도 같은 장소를 계속 돌아다니는 것 같습니
다."

　재식은 지금 서 있는 곳이 너무 눈에 익자, 빠르게 주변
을 돌아봤다.

　그러다 종욱의 발언을 뒷받침할 만한 증거를 찾아냈다.

　"맞아요. 저기 앞쪽을 보세요."

　재식이 가리킨 곳을 응시한 헌터들은 조금 떨어진 곳에
뭔가가 놓여 있는 걸 발견했다.

　"어!"

　"고블린……."

그들이 본 것은 바로 고블린의 사체였다.

자신들이 던전에 들어와 처음 마주친 고블린과 전투를 벌이고, 마정석을 채취한 뒤 대충 길가로 치워둔 장소였다.

그 후로 한참을 걸었는데, 도착한 곳이 첫 전투 장소라는 것에 놀라지 않을 수가 없었다.

"다들 지금까지 그린 지도를 확인해 보세요."

종욱의 지시에 파티원들은 각자 자신의 헌터 브레슬릿을 확인했다.

그들이 나아간 경로와 작성된 지도는 조금 차이를 보였다.

분명 지도상에서 표시된 현재 위치는 첫 전투가 벌어진 곳과 다른 곳이었다.

파티원들의 지도를 일일이 확인한 종욱의 안색이 급격히 어두워졌다.

"이런······."

"뭐 아시는 것이라도 있습니까?"

불안에 떨던 파티원 중 한 명이 물었다.

종욱의 심상치 않은 목소리에 그가 뭔가를 알고 있다는 생각이 들었기 때문이다.

종욱은 인상을 와락 구기며 대답했다.

"아무래도 우리가 함정에 빠진 것 같습니다."

"함정이요? 아니, 어떤 함정이기에 이렇게 같은 곳을 계속해서 맴돌 수가 있죠?"

재식은 종욱의 말에 고개를 갸웃뚱하며 물었다.

그러자 잠깐 망설이던 종욱이 길드에 몸담은 시절 들은 얘기를 들려줬다.

"내가 예전에 삼천리 길드에 있을 때 얼핏 들은 소문인데……."

그는 지구에 여러 동식물부터 곤충에 이르기까지 수많은 생명체가 사는 것처럼, 인류를 위협하는 몬스터 또한 그 크기나 형태가 다른 다양한 종이 있다며 말문을 열었다.

그리고 그중에는 가끔 유난히 뛰어난 지능을 가진 개체가 탄생하는데, 마치 각성한 헌터처럼 특별한 이능을 가지고 있는 경우도 있다고 설명했다.

그뿐만 아니라, 더욱 특별한 개체는 신화나 전설에 나오는 것처럼 마법을 부릴 수도 있다고 덧붙였다.

"그렇게 마법을 쓰는 몬스터는 불을 불러내 공격을 하거나 물, 바람, 심지어 자연계 최강의 파괴력을 가진 번개마저 소환할 수 있다고 하더군요."

"그럼 저희가 같은 자리를 도는 것이라 착각하는 것도 마법입니까?"

파티원 중 한명이 냉큼 질문을 던졌다.

"착각이 아닐 겁니다. 제가 듣기엔 마법을 쓰는 몬스터 중에 자연계 능력뿐만 아니라, 공간을 왜곡해 대상을 함정에 빠뜨릴 수 있는 놈도 있다고 들었습니다."

종욱의 설명에 재식은 인상을 찌푸렸다.

그의 얘기를 종합하면 인간을 함성으로 끌어들여 공격할 정도로 뛰어난 지능의 몬스터가 있다는 뜻이기 때문이었다.

그건 다른 파티원들도 마찬가지인지, 너무 황당한 말에 잠시 말을 잃고 조용히 입을 다물었다.

어떻게 몬스터가 헌터처럼 각성할 수 있다는 말인가.

아니, 그것으로 모자라 신화에서나 나올 법한 허구의 것을 구현할 수 있는 몬스터가 있다는 게 놀라웠다.

'각성한 헌터도 있다면, 각성한 몬스터도 있을 수 있다는 건가?'

재식은 인간도 각성할 수 있다면 몬스터라고 각성하지 말라는 법은 없다고 여겼다.

종욱의 설명을 마냥 거짓말이라 무시할 수도 없는 게, 솔직히 각성 헌터들의 존재도 말이 되지 않는 건 마찬가지이기 때문이었다.

각성 헌터들 중에는 정말 신화에 나오는 초인이나 영화 속의 슈퍼 히어로처럼 하늘을 날고 바람을 일으키며 불과 번개를 쏘아내 몬스터를 사냥하는 사람이 있었다.

하지만 지금 자신들이 겪는 현상이 각성한 몬스터가 만든 함정이라고 받아들이고 싶지는 않았다.

'공간을 왜곡할 정도의 능력을 가진 몬스터라니……'

너무 절망적인 상황에 재식은 무릎에 힘이 빠지며 휘청했다.

파티원 전원이 유전자 변형 시술을 받은 중급 헌터지만, 제대로 대처할 수 있을지 걱정이 앞섰다.

당장 각성 헌터들을 떠올려 보니 더욱더 그러했다.

이능을 각성한 헌터는 그 시작점부터가 달랐다.

능력이 발현되는 에너지의 양에 따라 다르지만, 어지간한 각성 헌터들은 중급 중에서도 40레벨 정도의 판정을 받는다.

유전자 변형 시술을 받은 헌터가 30레벨부터 시작하는 걸 생각하면 혀를 내두를 만했다.

그런데 공간 왜곡은 일반적인 이능과는 차원이 달랐다.

불과 물, 바람 등 에너지 파장으로 발현되는 자연계 능력은 흔한 편이었다.

그에 비해 공간 왜곡은 더욱 복잡하고 고등한 이능에 속했다.

이는 중력 간섭만큼이나 엄청난 이능으로, 공간 왜곡 능력을 가진 헌터는 귀족이라 불리는 치유사만큼이나 희귀한 존재였다.

"어쩌면 좋죠?"

파티원 중 한 명이 불안한 표정으로 종욱에게 물었다.

하지만 답변은 쉽게 나오지 않았다.

그러자 다들 자신이 처한 상황이 좋지 않다는 것을 새삼 깨달으며 표정이 굳어졌다.

"으음… 우리가 처음 이곳에 왔을 때에는 그런 낌새를 알아차리지 못해 그냥 지나쳤습니다만, 뭔가 공간 왜곡을 파훼할 방법이 있을 겁니다."

한참 만에 입을 연 종욱이지만, 파티원들의 불안을 달래기엔 부족해 보였다.

하지만 종욱은 파티장으로서 냉정함을 유지하기 위해 애썼다.

"일단 주변을 살펴보면서 우리가 처음 이곳에 왔을 때와 달라진 게 뭐가 있는지부터 찾아봅시다."

재식을 비롯한 이들은 처음 자신들이 이곳에 도착했을 때를 떠올리며 신중하게 주변을 살폈다.

"작은 거라도 좋습니다. 뭔가 이상한 게 있다면 바로 말씀해 주십시오. 분명 처음 전투를 벌이고 나서 이곳을 떠난 사이에 뭔가 변화가 일어나 우리를 같은 장소로 돌아오게 만들었을 겁니다."

종욱은 파티원들에게 이전과는 다른 특이한 점을 발견하는 데 집중하도록 지시를 내렸다.

특이점을 발견할 수 있다면, 공간 왜곡에서 벗어날 방법도 찾을 수 있을 터였다.

그렇게 생각한 이유는 간단했다.

자신들이 바라보는 장소는 던전 입구와 그리 멀리 떨어지지 않은, 던전에 들어온 이후 처음 고블린과 전투를 벌인 곳이었다.

그러고 나서 두 번의 전투를 더 치르며 던전 내부로 향했다.

그런데 어찌 된 일인지 다시 처음 전투를 벌인 장소가 눈앞에 펼쳐졌다.

여기서 중요한 것은 재식과 파티원들이 한참 동안 던전 내부를 돌아다녔다는 점이다.

자신들이 걸은 거리를 생각하면 상당한 범위의 공간이 왜곡됐다는 뜻이었다.

아무리 능력이 뛰어난 몬스터라도 자신의 능력만으로 대규모 공간 왜곡을 실현시킬 수 있을 리가 없었다.

게다가 그 정도 능력을 가진 몬스터라면 굳이 이 좁은 던전 안에 남아 있을 필요가 없었다.

공간을 비틀어 자신의 모습을 숨기고 적을 가둔 후, 하나씩 천천히 처리하면 적수가 될 만한 이가 없을 것이다.

특히나, 이 던전에 서식하는 몬스터는 고블린이었다.

고블린 중에 이런 어마어마한 능력의 공간 왜곡 능력을 가진 개체가 존재할 리 없었다.

그렇기에 종욱은 주변에 뭔가 공간 왜곡을 일으킬 만한 어떤 장치가 있을 것이라 생각했다.

인간이 도구를 사용해 능력 이상의 성과를 보이듯, 지능이 높은 몬스터 중에는 도구를 사용하여 이능을 발휘하는 몬스터도 있었다.

그러니 종욱은 이곳 던전에 있는 고블린 중 하나가 우연한 기회에 공간 왜곡 장치를 발견해 사용하는 것이라 여겼다.

하지만 흔적을 쉽사리 발견하지 못해 성과 없이 시간만 흘러갈 뿐이었다.

"에이, 아무것도 없는 거 아냐?"

파티원 중 한 명이 성질을 부리며 투덜거렸다.

"정말 몬스터의 능력으로 인한 공간 왜곡이라면, 그게 더⋯⋯."

종욱은 차마 말을 끝까지 내뱉을 수가 없었다.

정말 이 현상이 몬스터의 능력 때문이라면, 살아서 던전을 나설 가능성이 극단적으로 낮아진다.

"조금만 더 찾아보고 이동하는 건 어떨까요? 공간 왜곡 장치가 이곳에 있으란 법은 없으니까요."

재식은 투덜거리는 파티원을 달래기 위해 조금 희망적인 의견을 꺼내놨다.

"그렇다면 바로⋯⋯."

종욱이 앞으로 나아가며 수색해 보자 말을 꺼내려던 찰나, 던전 안쪽에서 빠르게 내달리는 다수의 발소리가 울려 퍼졌다.

두두두두두!

"고블린입니다. 모두 모여요!"

종욱은 소음을 발생시키는 것들의 정체를 깨닫고 소리쳤다.

종욱의 지시에 뿔뿔이 흩어져 주변을 살피던 파티원들이 한데 뭉쳤다.

"젠장, 뭔 놈의 고블린이 이렇게 많아?"

발자국 소리로 짐작컨대, 절대 적은 수의 고블린 무리가 아니었다.

"불만은 나중에 하고, 벽을 등지고 놈들을 맞이합시다. 포위당하면 위험합니다."

종욱의 제안에 재식과 파티원들은 종유석이 드문드문 자라난 벽 쪽으로 이동했다.

그러면서 종욱은 자신의 뒤로 마름쇠를 뿌렸다.

마름쇠는 오래전 창과 칼로 전쟁하던 시절에 가장 강력한 전투력을 가진 기마대를 상대하기 위해 사용하던 도구였다.

그 형태는 끝이 송곳처럼 뾰족한 네 개의 발을 가진 쇠못인데, 기마병의 진입을 막는 데도 유용하지만, 도망칠 때 추적자의 발걸음을 늦추는 용도로 사용되기도 했다.

하지만 종욱이 준비한 마름쇠는 그리 많지 않아 큰 효과를 기대하기는 힘들어 보였다.

그렇다 하더라도 한꺼번에 몰려드는 고블린의 수를 조금이나마 줄이면, 좀 더 수월한 전투를 치를 수 있을 터였다.

끼아!

까까!

끼기긱!

고블린들이 요란한 괴성을 지르며 나타나더니, 파티원들을 발견하자마자 망설임 없이 달려들었다.

마치, 이곳에 재식 일행이 있다는 걸 이미 아는 듯한 행동이었다.

"옵니다. 준비하세요!"

종욱은 고블린들이 빠르게 접근하자 크게 소리쳤다.

재식은 긴장된 표정으로 새까맣게 몰려드는 고블린을 주시했다.

2. 홉고블린 차콥

몰려드는 고블린의 수는 끝없는 것처럼 느껴질 정도로 많았다.

미리 뿌려둔 마름쇠는 선두에 선 몇 마리 고블린의 발을 묶는 것으로 자신의 역할을 마쳤다.

고블린 중 몇 마리가 넘어져 동족에게 밟혀 죽기야 했지만, 고블린의 수가 줄어들었다는 걸 느낄 수 없었다.

콰앙!

마침내 두 집단 간에 첫 충돌이 일어났다.

곰으로 변한 헌터는 들고 있던 방패로 선두의 고블린을 시원하게 후려쳤다.

과연 중급 헌터에게 있어 고블린 정도는 손쉬운 사냥감에 불과했다.

하지만 전황은 헌터들에게 그리 좋지 못하게 흘러갔나.

"나가지 말고 자리를 지켜!"

고블린의 수가 적었다면 평소처럼 슬렁슬렁 상대했을 것이다.

하지만 아무리 최약체 몬스터라도 지칠 때까지 밀려드는 인해전술을 사용한다면 중급 헌터라도 수세에 몰릴 수밖에 없었다.

게다가 고블린 중 일부는 이제까지 본 적 없던 새로운 무기를 소지하고 있었다.

"윽, 이거 뭐야? 바늘인가?"

늑대로 변한 헌터가 자신의 팔뚝에 박힌 침을 뽑았다.

그런데 갑자기 자신의 팔이 주인의 명령을 무시하며 부자연스럽게 움직였다.

깜짝 놀란 헌터는 서둘러 파티원들에게 경고를 날렸다.

"이거 마비침이야! 다들 조심해!"

지금까지 조잡한 무기를 들고 날뛴다고 알던 고블린에 대한 상식이 박살 나는 순간이었다.

다른 이들이 당황해하자 종욱이 곧바로 일갈했다.

"침착해! 마비침은 무기로 막으면 그만이야!"

종욱은 자신이 선 위치에서 밀려드는 고블린을 막아내며

파티장으로서 충실히 지시를 내렸다.

하지만 유전자의 힘을 활성화한 지 얼마간 시간이 흐르자, 파티원들은 냉정한 이성을 유지하기보단 점점 본능에 의지할 수밖에 없었다.

밀려드는 고블린을 막기 위해 힘을 쏟다 보니 어쩔 수 없는 일이었다.

종욱은 파티원들에게 자리를 지키라고 목이 터져라 말했지만, 시간이 흐를수록 전열은 흐트러졌다.

"크앙!"

그뿐만 아니라, 전장의 피 냄새에 취해 이성을 잃은 것인지, 한 파티원이 짐승의 하울링을 내질렀다.

"안 돼. 정신 차려!"

종욱이 급히 외쳤으나, 돌이키기엔 이미 늦어버린 상황이었다.

그는 손에 쥔 무기를 던져 버리더니 길게 자라난 손톱을 휘두르며 마구 날뛰었다.

끈질기게 유지하던 전열은 순식간에 무너져 버렸다.

그러자 마치 도미노가 쓰러지듯 또 다른 파티원이 이성을 잃고 고블린 무리 사이로 뛰어들었다.

"크엉! 크아앙!"

헌터들이 이성을 잃을 정도로 맹수 유전자의 힘을 끌어올린 덕분에 순간적으로 고블린 무리 사이로 약간의 빈틈이 벌어졌다.

그러자 파티장인 종욱은 쥐어짜듯 소리쳤다.

"전장을 이탈한다. GO!"

파티원들에게 전장 이탈을 지시한 종욱은 빠르게 현장을 빠져나왔다.

너무 많은 수의 고블린들이 한 번에 들이닥친 상태에서 헌터들까지 이성을 잃고 본능적으로 날뛰는 상황이었다.

전열이 무너지며 사방에서 공격당한다면 버티지 못할 게 뻔했다.

종욱은 더 이상 버티는 건 의미가 없다는 걸 알아차리고 후퇴를 명했다.

하지만 고블린 무리를 빠져나와 달리는 와중에도 공간 왜곡으로 닫힌 통로에서 벗어날 수 있을지에 대해서는 회의적일 수밖에 없었다.

'후퇴라고? 이 상황에서?'

한창 고블린과 전투 중이던 재식에게 종욱의 명령은 너무 급작스러웠고, 뭐가 뭔지 판단할 겨를이 없었다.

하지만 파티장인 종욱이 고블린 무리를 헤치며 뛰어가는 모습에 본능적으로 그의 뒤를 따라 내달렸다.

하지만 이미 이성을 잃고 전투에 몰입한 두 명의 헌터는 종욱의 지시를 듣지 못한 것인지, 아니면 이성을 잃어서 인지하지 못한 것인지 계속해서 고블린과 사투를 벌였다.

'엇!'

그들을 발견한 찰나, 재식은 마음속에 갈등이 일었다.

하지만 잠깐 주춤거린 사이, 종욱이 지나친 고블린 무리의 틈은 빠르게 메워지고 있었다.

'안 되겠다. 나도 일단 피하고 보자.'

더 이상 이 자리에 있다가는 고블린의 물결에 휩쓸려버릴 것만 같았다.

'힘을 쓰면 얼마 못 버티겠지만, 지금은 어쩔 수 없어!'

다른 헌터들과 다르게 재식은 몬스터의 유전자 앰플을 주입받았기에 유전자의 힘을 발휘하면 얼마 버티지 못하고 급격히 체력이 방전된다.

하지만 이 자리를 빠져나가기 위해선 어쩔 도리가 없었다.

"하압!"

재식은 유전자의 힘을 끌어내기 위해 기합을 내지르며 정신을 집중했다.

그러면서도 밀려드는 고블린 상대하며 수를 줄여 나갔다.

"크윽!"

슬라임의 힘을 끌어올리자 재식의 눈이 붉게 물들었다.

재식은 전신을 내달리는 충만한 힘을 체감했지만, 그와 반비례해 몸을 짓누르는 피로감을 느낄 수 있었다.

"크압!"

재식은 비명처럼 들리는 함성을 내지르며 고블린 무리를 유영하듯 달렸다.

"크르르! 크아!"

비록 100퍼센트까지는 아니지만, 이 자리에서 벗어나기 위해 유전자의 힘을 일정 이상 끌어 올려야만 했다.

그러다 보니 어느새 재식의 신체는 인간의 범주에서 벗어나 몬스터에 가깝게 변해 버려 제대로 된 발성을 하지 못했다.

그런데 몬스터처럼 변한 게 꼭 나쁘게 작용하는 것은 아니었다.

아니, 오히려 현 상황에선 플러스 요인으로 작용했다.

원거리에서 바람총을 쏘아대는 고블린의 공격에 피해를 덜 받으며 자리를 빠져나가는 데 유리했기 때문이다.

재식의 시술에 사용된 몬스터 유전자는 카피 캣과 메탈 슬라임의 것이었다.

그중에서 현재 발현할 수 있는 것은 메탈 슬라임의 능력뿐이다.

이름에서도 알 수 있듯, 메탈 슬라임은 동족들 중에서도 금속성 형질을 띠는 놈이었다.

덕분에 현재 재식의 피부는 마치 철판처럼 변한 상태였고, 물리 공격을 저항할 수 있는 능력을 가지게 되었다.

그러다 보니 고블린이 쏘아 대는 바람총으로는 재식에게

별다른 대미지를 입힐 수 없었다.

다만 그 저항이란 게 완전 면역인 수준은 아니었고, 쏘아진 침이 몸에서 튕겨져 나가며 아주 자잘한 상처를 내는 중이었다.

"크아아!"

재식이 괴성을 내지르며 내달린 끝에 고블린 무리의 포위를 뚫을 수 있었다.

끝없이 밀려드는 고블린들을 헤치고 나온 재식은 재빨리 종욱이 달려간 방향의 반대편으로 뛰었다.

이는 자신을 쫓아올 고블린의 수를 조금이라도 더 줄이기 위한 본능적인 판단이었다.

재식은 이렇게 해야 고블린도 한 방향으로 몰리지 않고 양쪽으로 분산될 테고, 어쩌면 한 명이라도 살아서 던전을 빠져나갈 확률이 높다고 생각했다.

＊　　　＊　　　＊

야광주가 촘촘히 박혀 다른 석실보다 훨씬 밝은 방.

이곳은 고블린 마법사 챠콥의 실험실이었다.

챠콥은 4서클의 흑마법사였고, 일반적인 고블린이 아니라 보다 상위의 존재인 홉고블린이었다.

고블린과 홉고블린은 서로 같으면서도 다른 개체였다.

쉽게 설명하면 고블린 중 특별히 정신적, 육체적으로 우수한 돌연변이가 홉고블린이라 할 수 있었다.

일반 고블린이 사냥과 생존에만 관심을 쏟는 것에 비해, 홉고블린은 지적 호기심이 왕성해 이것저것을 배우고자 하는 욕망을 가지고 있었다.

때문에 챠콥처럼 흑마법사에게 납치돼 실험에 사용되다가, 흑마법사의 단순한 변심에 목숨을 부지해 마법을 배우는 경우도 가끔 있었다.

물론, 그런 운 좋은 실험체는 개미가 어린 아이의 장난에서 살아남을 정도로 극히 드문 경우였다.

어찌 되었든 챠콥은 흑마법사의 실험 재료였지만, 실험에서 살아남은 것은 물론이고, 흑마법까지 익혔다.

그것도 어엿한 마법사라 불릴 수 있는 4서클의 경지였다.

하지만 그뿐만 아니라, 챠콥은 실험을 거듭한 끝에 5서클을 이룰 수 있는 실마리를 잡아 연구에 박차를 가하는 중이었다.

챠콥은 5서클에 오르려면 마력의 이해가 필요하다 여겼고, 다른 생명체를 이용해 마력이 생명체에게 어떤 영향을 미치는지 연구하고 있었다.

자신의 몸 안에 있는 마력을 연구하면 참 편하겠지만, 태생이 고블린이다 보니 챠콥은 마력을 느끼는 데 한계를 절감했다.

그래서 챠콥은 자신의 능력으로 끌어모은 고블린을 이용해 몬스터를 사냥해 와 신체를 개조하는 방식으로 연구를 진행했다.

그러던 와중에 챠콥은 마력과 신체의 변화를 연구하는 데 가장 좋은 재료가 인간이라는 걸 깨닫게 됐다.

그도 그럴 것이, 챠콥을 가르친 흑마법사는 인간이었다.

인간의 마법을 배운 챠콥에게 흑마법의 기준은 인간일 수밖에 없었다.

하지만 챠콥이 처음부터 인간을 고집한 건 아니었다.

챠콥을 가르친 흑마법사의 경지는 무려 마도사라 부를 수 있는 7서클이었고, 그가 보유한 다양한 몬스터의 자료를 참고하고 연구한 끝에 챠콥은 지금의 경지에 올라섰다.

그러나 챠콥은 더 높은 경지에 오르고 싶다는 욕망을 참을 수가 없었다.

아쉬운 점이라면 자신의 은거지에서 가까운 곳에서는 인간을 구할 수 없다는 것이었다.

그래서 어쩔 도리 없이 가장 인간에 가까운 오크를 잡아다 연구를 진행하던 중이었다.

그런데 며칠 전, 자신의 은거지로 한 무리의 인간들이 찾아왔다.

챠콥은 실험체가 제 발로 걸어 들어온 것을 고블린의 신이 자신을 위해 보내준 것이라 생각했다.

짧은 감사를 전한 챠콥은 휘하의 고블린을 동원해 그 인간들을 잡아들였다.

인간들을 잡는 데 얼마나 많은 수의 고블린이 죽건 챠콥은 괘념치 않았다.

고블린이야 얼마든지 모을 수 있으니, 얼마가 죽어도 걱정할 필요가 없었다.

다만, 자신의 명령을 받은 무식한 고블린들이 인간을 잡아들이는 과정에 몇몇을 죽이고 말았다.

챠콥은 귀한 실험체인 인간을 잃은 것에 분노했지만, 그래도 일곱을 산 채로 생포해 왔으니 관대하게 용서해 줬다.

그중 둘은 실험하기도 전에 상처가 악화돼 죽어버렸지만, 그나마 다섯이라도 남아 실험을 진행할 수 있었다.

짐승으로 변신하는 것 때문에 처음에는 라이칸스로프가 몇 놈 섞인 것인가 싶기도 했지만, 그들은 모두 순종 인간이었다.

하긴, 라이칸스로프라면 그렇게 적은 마력을 몸에 지니고 있지도 않았을 터였다.

챠콥은 이 인간들이 참으로 특이한 존재라 여겼다.

그들의 생김새는 자신이 알던 인간과 조금 다르게 생겼고, 라이칸스로프도 아닌 것들이 짐승으로 변신하기까지 했다.

챠콥은 그런 특징을 오히려 기껍게 여기자 마음먹었다.

실험체들의 본질은 인간이니, 원래 추구하던 연구 성과를 거둘 수 있을 것이라 기대했다.

게다가 몇 놈은 라이칸스로프의 능력도 일부 발휘할 수 있으니 또 다른 성과가 있을지도 모를 일이었다.

하지만 실험은 실패로 돌아가고 말았다.

기대가 큰만큼 챠콥은 낙담할 수밖에 없었다.

그럼에도 완전히 포기한 것은 아니었다.

또다시 기회가 있을 것이라며 마음을 다잡았다.

그런데 때마침 또 다른 인간이 침입한 것을 알게 되었다.

이전처럼 많은 인간이 들어온 것은 아니지만, 넷이면 실험을 이어 나가는 데 부족하지 않을 게 분명했다.

그래서 다시 한 번 휘하의 고블린들을 내보냈다.

하지만 이번에 들어온 인간들은 이전에 잡아들인 인간들과 뭔가 달랐다.

사냥꾼과 전사들을 충분히 보냈다 생각했는데, 아직도 놈들을 잡아들이지 못하고 있었다.

다다다닥!

인간들을 잡아오라는 명령을 내리고 기다리던 챠콥.

그런데 누군가 자신의 연구실로 다가오는 발소리가 들렸다.

"뭐냐?"

"족장, 인간들 무섭다. 괴물이다. 우리만으로는 잡을 수 없다."

고블린 전사 카루는 자신과 사냥꾼만으로는 동굴에 침입

한 인간들을 잡을 수 없다는 판단에 족장인 홉고블린 챠콥에게 달려와 말했다.

"호! 이번에 들어온 인간들, 깅한가?"

챠콥이 눈을 반짝이며 되물었다.

"무척 강하다. 특이한 인간 있다."

"특이한 인간?"

"그렇다. 다른 인간들 강하다. 그 인간 약하다. 하지만 무섭다."

카루는 동굴에 침입한 헌터들 중 동물로 변신하지 않고 자신들을 상대하던 인간을 떠올리며 두려운 표정을 지어 보였다.

그런데 챠콥은 카루가 무슨 말을 하는지 명확하게 알아들을 수가 없었다.

어느 정도 지능은 있다지만, 고블린의 언어 능력이 인간의 수준으로 원활하게 대화를 주고받을 수 있을 정도로 발달한 것은 아니기 때문이었다.

간단한 몇몇 단어를 조합해 의미를 전달할 뿐이라, 같은 고블린이라도 서로의 말을 전부 이해할 수 있는 건 아니었다.

답답해진 챠콥은 미간을 찡그리며 질문을 던졌다.

"뭐가 특이하다는 건가?"

"다른 인간, 웨어 베어나 웨어 울프처럼 변한다. 싸운다. 무섭다. 특이한 인간, 약한 인간이다. 하지만 우리들 많이 죽인다.”

카루의 말을 곱씹던 챠콥의 미간의 주름이 더욱 깊어졌다.

대충 침입자 중 한 인간은 변신하지 않고도 자신이 보낸 고블린들을 많이 죽인다는 소리로 들렸다.

하지만 자신이 해석한 게 맞는지 확신이 들지는 않았다.

겉으로 보기에는 그냥 약해 보이는 인간의 모습이지만, 라이칸스로프처럼 변신한 인간만큼이나 위험한 인간.

사실이든 아니든, 카루가 헐레벌떡 뛰어와 보고할 정도로 강한 놈들이라는 건 알 수 있었다.

‘호! 전에 실험한 놈들 이상으로 튼튼한 인간이란 말이지?’

챠콥은 카루의 말에 눈을 반짝였다.

요전에도 라이칸스로프처럼 변신하는 인간과 그렇지 못한 보통의 인간들을 잡아와 실험했다.

그보다 더 강한 인간들이라면, 자신의 연구에 큰 도움이 될 게 분명했다.

“족장. 마법 강하다. 도와 달라! 우리만으로는 안 된다. 모두 죽는다.”

자신 밑에 있는 고블린 중 그나마 똑똑한 편인 카루의 말에 챠콥은 잠시 고민했다.

짧게 생각을 정리한 챠콥은 바로 자리에서 일어나 카루에게 소리쳤다.

"앞장서라!"

보통이라면 귀찮아 실험을 핑계로 쫓아냈을 테지만, 이번만은 그러지 않았다.

그도 그럴 것이, 저번에 침입한 인간들을 잡아들이기 위해 많은 수의 수하를 잃었다.

그런데 오늘 들어온 침입자로 인해 벌써 세 무리의 고블린을 잃은 상황이었다.

이렇게 가다간 자신이 5서클에 올라서기 전에 수하들이 모두 사라질 판이었다.

귀찮음을 증오하는 챠콥으로서는 수하들을 전부 희생시키고 다시 고블린 무리를 모을 것인지, 직접 나서서 남은 수하들이라도 지킬 것인지 선택해야만 했다.

챠콥의 선택은 당연히 후자였다.

5서클을 이룩하기 위해서 얼마나 많은 실험이 필요할지 모르는 상황에서 더 이상 수하들의 수가 줄어드는 건 득보단 실이 많았다.

그렇다고 자신이 직접 나서서 싸우기는 조금 꺼려졌다.

비록 자신이 4서클의 마법사라지만 위험을 자초할 필요가 없기 때문이었다.

챠콥은 부지런히 머리를 굴려봤다.

자신은 괜히 부하들을 거느린 것이 아니었다.

실험을 위해 고블린들을 모은 것이지 않은가.

자신은 던전의 길목들 중에서 인간들이 지날만한 곳 몇 군데에 공간 왜곡 마법을 펼쳐 놓고 기다리기만 하면 된다.

공간 왜곡으로 연결된 동굴을 한참 헤매다 인간들이 지쳤을 때 부하들을 투입하면 적은 피해로 놈들을 잡아들일 수 있을 터였다.

챠콥은 싸늘한 미소를 머금으며 적당한 장소를 물색하기 위해 발걸음을 재촉했다.

✻　　　✻　　　✻

고블린들의 호위를 받으며 등장한 챠콥은 도망치는 종욱을 뒤쫓아 뛰어가는 고블린들에게 소리를 질렀다.

"쫓지 마라! 이놈들부터 잡아!"

어차피 자신의 공간 왜곡 마법을 해제하지 않는 이상 도망쳐 봐야 어디로도 빠져나가지 못할 것을 알기에 종욱을 내버려둔 것이었다.

몇 놈이 따라갔다가 각개격파라도 당하면 그게 더 큰 손해였다.

'어?'

부하들에게 안에 남은 인간들을 먼저 붙잡으라는 명령을 내리고 지켜보던 챠콥은 뭔가를 발견하고 깜짝 놀랐다.

침입자 중 특이한 인간이 아니면서도 부하들을 상대로 잘 싸우던 인간이 사실은 다른 특이한 인간들보다 더 특이하다는 걸 알아차린 것이었다.

다른 인간들은 변신해도 바람총의 화살에 맞으면 끝에 묻힌 마비독에 의해 행동이 둔해졌다.

하지만 그 인간은 어찌 된 일인지 몸이 약간 부풀어 오르는 듯하더니 바람총의 화살을 튕겨냈다.

이전에는 바람총의 화살을 맞지 않아 마비독의 효과가 나타나지 않은 것이라면, 조금 전부터는 바람총의 화살에 적중당해도 아무 대미지도 입지 않는 모양인지 부하들의 포위망을 빠져나가기 위해 저항하고 있었다.

그뿐만 아니라, 그 인간은 단검과 돌도끼로 무장한 전사들의 공격에도 어떤 피해도 입지 않았다.

'뭐지, 저 특이한 인간은? 어떻게 마비독이 묻은 화살과 날붙이의 공격에도 멀쩡할 수 있는 거지?'

그 특이한 인간이란 바로 재식을 지칭하는 것이었다.

챠콥은 재식의 모습에 얼이 빠져 한동안 그의 모습을 가만히 지켜봤다.

하지만 더 이상 두었다가는 피해가 커질 것을 우려해 자신이 나서자 마음먹었다.

챠콥은 고블린 무리의 포위를 뚫고 나와 먼저 도망친 종욱과 반대 방향으로 도주하려던 재식에게 마법을 시전했다.

챠콥은 특이한 개채인 재식에 대해 재대로 조사해 보기 위해서는 무조건 산 채로 잡아야 한다는 생각에 공격 마법을 구사하기보단 슬립 마법을 택했다.

한참을 지켜본 결과, 재식이 독과 물리 저항력을 가지고 있는 것으로 보였기 때문이다.

바닥을 박차고 달리려던 재식이 앞으로 고꾸라지자, 챠콥은 자신의 선택에 크게 만족해했다.

날렵한 재식을 확실하게 잠재우기 위해 범위를 넓게 설정해 시전하다 보니 주변의 부하들까지 마법에 말려들어 여럿 잠들었지만 상관없었다.

챠콥에게 부하란 존재는 자신의 귀찮음을 조금 덜어주는 덜떨어진 존재에 불과하기 때문이었다.

"호, 일은 한 번에 처리하는 게 좋으니까……."

챠콥은 기왕 나선 김에 아직도 날뛰고 있는 짐승 두 마리에게도 슬립 마법을 시전했다.

본능에 따라 움직이던 헌터들까지 잠들자, 동굴 안은 순식간에 조용해졌다.

"데려가라!"

"우리. 이겼다!"

"승리. 우리 거다!"

챠콥의 명령이 떨어지자, 고블린들은 마치 전쟁에 이긴 병사들처럼 환호를 지르며 쓰러진 인간들의 팔다리를 결속해 동굴 내부로 향했다.

"멍청한 놈들! 잠든 놈들도 챙겨와!"

그걸 잠시 지켜보던 챠콥은 고블린들이 까맣게 잊은 것에 대해 쓴소리를 늘어놨다.

*　　　*　　　*

어두운 동굴 안.

재식은 횃불 하나 없지만, 동굴 벽에 듬성듬성 박힌 이름 모를 광석에서 발산되는 희미한 빛으로 동굴 내부를 확인할 수 있었다.

동굴 한쪽 귀퉁이에 나무 창살로 막힌 감옥 안에는 일단의 사람이 묶인 채 바닥에 쓰러져 있었다.

"으음……."

"윽!"

감옥에 갇힌 사람들은 낮게 신음할 뿐, 움직이지 못할 정도로 크게 다친 것으로 보였다.

끼긱!

끼끼!

그때, 언제 왔는지 고블린 두 마리가 나타났다.

덜컹.

놈들은 곧장 감옥의 문을 열고 안으로 들어오더니, 들고 온 몽둥이로 쓰러져 있는 사람들을 사정없이 내리쳤다.

퍽! 퍽!

"억!"

"그만! 그만!"

고블린이 휘두르는 몽둥이에 맞은 사람들은 잠에서 깨어나 비명을 질러 댔다.

'도대체 무슨 일이지?'

고블린의 몽둥이세례를 받는 사람들 속에 포함된 재식은 지금 자신이 겪는 현실이 믿어지지 않았다.

자신이 왜 이런 곳에서 고블린에게 두들겨 맞는 것인지 전혀 알 수가 없었다.

몸을 잔뜩 웅크린 채 미간을 찌푸린 재식은 자신이 고블린들에게 잡혀 오기 전에 어떤 일이 있었는지 떠올리기 위해 노력했다.

해일처럼 몰려들던 고블린 떼, 무너진 대열, 탈출하기 위한 시도……

'아!'

퍽! 퍽!

고블린들의 구타 속에서 흐릿하던 기억이 모두 떠오른 재식은 속으로 신음을 흘리며 주변을 살폈다.

'으… 모두 고블린에게 잡힌 사람들인가?'

재식은 고블린의 몽둥이찜질이 뜸해지자 감옥 내부를 돌

아봤다.

감옥 한쪽에서 고블린의 몽둥이에 맞아 깨어난 종욱의 모습을 발견한 재식은 파티원 전원이 고블린들에게 붙잡혔다는 걸 알아차렸다.

끼까꺄!

끼아!

몽둥이질하며 헌터들을 깨운 두 고블린은 뭐라고 괴성을 지르더니 감옥 밖으로 나가 버렸다.

쿵!

나무로 된 감옥의 문이 닫히자 재식은 얼른 감옥 한쪽에 몸을 웅크리고 쓰러져 있는 종욱에게 다가갔다.

그에게 현 상황을 물어보기 위함이었다.

"파티장님!"

자신의 이름을 부르는 소리에 종욱이 천천히 고개를 돌려 재식을 마주봤다.

고블린의 몽둥이에 제대로 얻어맞은 그의 얼굴은 피떡이 되어 엉망진창이었다.

"예, 무슨 일입니까."

몬스터에게 붙잡힌 탓인지 종욱의 목소리에는 어떤 감정도 묻어 있지 않았다.

마치 생을 포기한 사람인 양 멍하니 중얼거리는 것처럼 느껴졌다.

"저희가 얼마나 여기 있던 겁니까?"

자신이 기억하는 것이라고는 던전에 실종 헌터를 찾아 들어왔다가 고블린의 함정에 빠졌고, 전열을 이탈해 도망치던 것까지 기억할 뿐이었다.

생각해 보니 자신이 모든 체력을 소모한 것도 아니었는데, 갑자기 기억이 끊어진 것에 의문이 들었다.

하지만 워낙 절체절명의 위기였기 때문에 자신의 몸이 정상이 아니었을 수도 있었다.

그렇다면 갑자기 체력이 바닥났을 수도 있다는 가능성을 배제할 수 없었다.

게다가 지금 중요한 건 자신이 기절한 이유를 아는 게 아니었다.

지금은 그저 자신이 얼마나 기절해 있었는지, 시간이 얼마나 흘렀는지 알고 싶었다.

"그건 나도 자세히 몰라."

"네?"

종욱의 말에 영문을 알지 못한 재식은 고개를 갸우뚱했다.

'그럼 따로 아는 사람이 있다는 말인가?'

그런 재식이 우스워 보였는지, 다른 쪽에 널브러져 누워 있던 남자가 피식 웃으며 입을 열었다.

"재식 씨가 얼마나 기억할지 모르지만, 아마 하루는 꼬박 잠들어 있었을 거요."

재식은 고개를 돌려 말을 꺼낸 남자를 돌아봤다.

그는 던전에 들어온 다른 파티원 중 한 명으로, 검과 방패를 쓰며 곰 유전자를 시술받은 헌터였다.

이름이 아마 이정철이었을 것이다.

그를 돌아본 재식은 감옥 안에 있는 사람이 네 명이 아니라 세 명뿐이라는 것을 알아차렸다.

"어? 그런데 다른 분은……."

"하아, 어제 고블린에게 끌려간 뒤, 아직까지 돌아오지 않았어. 아마… 죽었겠지."

말을 내뱉은 이정철의 표정이 점점 거멓게 죽어갔다.

재식의 질문으로 어제 겪은 일이 다시 떠올랐기 때문이다.

감옥 안에 갇힌 채 정신을 차린 이정철은 빠르게 주변을 살폈다.

던전에 들어와 고블린과 전투 중에 의식을 잃었다는 걸 상기한 그는 서둘러 상황을 파악하기 위해 노력했다.

자신을 제외한 다른 두 명은 아직 정신을 차리지 못한 상태였다.

이정철은 손발을 묶은 포박을 풀기 위해 노력했지만, 힘이 들어가지 않자 낙담하고 말았다.

기껏해야 엉성한 나무 감옥에 불과한데, 탈출할 방법이

없었다.

생포된 자신의 미래가 어떻게 될지 몰라 두려움에 떠는 게 이정철이 할 수 있는 유일한 일이었다.

차라리 함께 붙잡힌 다른 사람들처럼 정신을 차리지 못하는 게 나았을 것이라 생각할 지경이었다.

그러던 차에 감옥 문이 열리더니, 고블린 네 마리가 들어와 정신을 차리지 못한 두 사람을 번갈아 바라봤다.

한참을 옥신각신하던 고블린들은 재식을 내버려두고 다른 동료를 질질 끌며 감옥을 나섰다.

그렇게 끌려간 파티원은 다시 감옥으로 돌아오지 않았다.

아마 십중팔구는 죽었을 것이다.

그리고 나서 얼마가 지났을까.

이정철은 다시 감옥 문이 열렸을 때, 혹시 자신의 차례는 아닐까 두려움에 몸을 비틀며 감옥 구석으로 도망쳤다.

그런데 이번에는 자신을 붙잡기 위해서가 아니라, 누군가를 감옥에 처넣기 위해 온 것이었다.

고블린들은 끌고 온 사람을 감옥 바닥에 아무렇게나 던져버렸다.

그리고 나서 저들끼리 끽끽거리며 기분 나쁘게 웃더니, 감옥을 나서서 동굴 속으로 사라졌다.

이정철은 고블린에게 붙잡힌 이가 누군지 금방 알아차릴 수 있었다.

정신 차렸을 때 보이지 않기에 도망치거나 먼저 죽었으리라 생각한 종욱이었다.

온몸이 마비돼 아무렇게나 넌져진 종욱의 모습에 이정철은 작은 안도감을 느꼈다.

아직도 재식이 깨어나지 않아 혼자 불안하던 차에 아는 얼굴이 한 명 더 늘었기 때문이다.

게다가 종욱은 그가 만나본 파티장 중에 썩 괜찮은 사람이니, 뭔가 감옥을 탈출할 방법을 떠올릴지도 모른다는 기대를 품었다.

하지만 그것도 잠시, 정철은 그럴 수 없다는 걸 깨닫고 더 큰 절망에 빠지고 말았다.

원인은 알 수 없지만, 몸에 힘이 제대로 들어가지 않는 상황에서 머릿수가 둘에서 셋으로 늘어봤자 탈출하는 건 불가능한 일이었다.

또한 종욱까지 이렇게 잡혀 왔다는 것은 자신들이 고블린에게 사로잡혔다는 사실을 바깥에 전하지 못했다는 뜻이기도 했다.

아무 희망도 남지 않은 상황에 정철은 완전히 기가 꺾이고 말았다.

잠시 어제 일을 떠올린 정철은 재식을 다시 한 번 일별하더니 감옥 구석으로 굴러서 몸을 웅크렸다.

이정철의 행동에 재식은 인상을 찌푸렸다.

정철은 물론이고, 종욱의 표정은 이미 삶을 포기한 사람의 얼굴이었다.

하지만 재식은 끝까지 포기할 생각이 없었다.

호랑이에게 물려가도 정신만 차리면 살 수 있다고 했다.

분명 살아날 기회는 있을 것이다.

희망을 놓지 않은 재식은 팔다리를 묶고 있는 줄을 끊어보려 힘을 주었다.

하지만 얼마나 단단한 줄인지 도저히 끊을 수가 없었다.

아니, 정확하게는 팔과 다리에 줄을 끊을 만큼 충분한 힘이 들어가지 않았다.

"끄응……."

계속해서 힘을 주며 이를 악물었지만, 줄은 끊어질 기미가 보이지 않았다.

그런 재식의 모습이 안타까웠는지 종욱이 작게 중얼거렸다.

"소용없어. 무슨 이유에서인지 힘이 전혀 들어가질 않아. 그리고 유전자의 힘도 활성화할 수가 없고……."

너무나 작은 목소리였지만 좁은 감옥 안에서, 그것도 동굴 속이라 그런지 재식은 그의 중얼거림을 똑똑히 들을 수 있었다.

"여긴 우리가 넘볼 만한 곳이 아니었어……."

종욱은 마치 무언가에 홀린 듯 중얼거렸다.

재식은 문득 떠오른 일이 있었다.

처음 이곳 미발견 게이트를 발견했을 때, 참 이상한 일을 목격했다.

얼마 전 우연히 보게 된 오크와 고블린의 싸움이었다.

당시 재식은 그저 오크와 고블린이 영역 싸움을 벌였다고 생각했었다.

하지만 이제 와서 그때의 일을 되짚어보니 뭔가 이상한 점을 깨달았다.

고블린들은 전투에서 승리한 뒤, 오크의 시체를 뒤졌다.

그건 오크들 중에 덩치가 크거나, 강한 오크라 여기던 개체들을 골라 던전으로 가져가기 위한 것이었다.

그때는 그저 살점이 더 붙은 오크를 고르는 것이라 여겼다.

하지만 그게 아닌 모양이었다.

이상한 점은 그것뿐만이 아니었다.

무슨 이유인지 고블린은 자신들을 죽이지 않고 살려뒀다.

그냥 식량으로 저장할 생각이었다면 굳이 살려둘 필요가 없었다.

생각이 뻗어 나가자 재식은 뭔가 자신이 놓친 게 있는 것처럼 느껴져 머릿속이 복잡해졌다.

뭔가 떠오를 듯, 말 듯하면서 떠오르지 않기 때문이다.

게다가 이런 일을 언젠가 자신이 한 번 겪어본 듯한 느낌마저 들어 더욱 그를 답답하게 만들었다.

'뭔가 있는데… 그게 뭐지?'

재식은 계속 골몰했지만, 안개를 손안에 쥐는 것처럼 뚜렷한 뭔가가 잡히질 않았다.

'하, 젠장! 분명 내가 뭔가 비슷한 상황을 겪어본 것 같은데…….'

분명 딱 떨어지게 맞는 상황은 아닌데, 이와 비슷한 경험을 한 것처럼 느껴지자 재식은 기분이 더러워졌다.

분명 그것이 결코 유쾌하지 않은 기억임에는 틀림없었다.

덜컹!

그때, 갑자기 감옥의 문이 열리더니 고블린들이 들어와 재식의 팔을 붙잡았다.

"이거 놔!"

재식은 작은 키의 고블린들이 자신의 사지를 붙잡자 발버둥 치며 소리를 질렀다.

"어… 어!"

감옥 문에서 가까이 누워 있던 재식이 끌려 나가자 이정철과 종욱이 놀라 어버버거렸다.

*　　　　*　　　　*

재식은 자신을 붙잡아 어디론가 끌고 가는 고블린을 올려다보며 올 것이 왔다는 생각이 들었다.

재식은 처음에 저항하며 몸을 비틀던 것과 다르게 가만히 힘을 아끼자 마음먹었다.

탈출할 기회가 찾아오면 당장 몸을 움직이기 위해서였다.

왜냐하면 아직도 팔다리에 힘이 들어가지 않았기 때문이다.

감옥을 벗어나자마자 재식이 가장 먼저 확인한 건 몸에 힘이 돌아왔는지 확인하는 것이었다.

하지만 감옥을 벗어났음에도 어찌된 일인지 팔과 다리에 제대로 힘이 들어가지 않았다.

그때서야 재식은 깨달았다.

'젠장, 감옥에서 나오면 다를 줄 알았는… 설마 밧줄이 힘을 억제하는 건가?'

감옥에 뭔가 조치를 취해둔 것이라 여겼는데, 팔다리를 묶은 줄이 특별한 모양이었다.

포로가 함부로 날뛰지 못하게 만드는 건 당연한 일이었고, 그건 깨어나자마자 정철과 종욱과 대화하며 대략 알아차리긴 했다.

다만 그것이 평범한 밧줄이라고 생각하지는 못했다.

재식은 다시 한 번 손목을 꽁꽁 묶은 밧줄을 내려다봤다.

분명 평범한 밧줄이 틀림없었고, 뭔가 특별한 힘도 느껴지지 않았다.

'몬스터들의 능력이 인간보다 더 월등한 것인가?'

그 순간, 재식은 전신을 휘감는 거대한 두려움을 느꼈다.

지금까지 지구에 수많은 몬스터가 나타났다.

하지만 아무리 특별한 몬스터라도 인류는 끝끝내 승리를 쟁취했다.

일부 몬스터들이 엄청난 힘과 능력으로 장시간 인류에게 공포를 선사했지만, 결국 헌터들에게 무릎을 꿇었다.

그런데 이렇게 평범해 보이는 밧줄 하나로 인해 아무 것도 할 수 없는 처지가 되고 말았다.

뭔가 특별해 보이는 장치라도 눈에 띄었다면 이렇게까지 두려움에 떨진 않았을 터였다.

알지 못하는 미지의 것에 대해 인간은 두려움을 느꼈고, 그건 재식도 마찬가지였다.

큰 두려움에 짐어삼켜진 재식은 탈출할 수 있다는 자신감이 점점 희미해졌다.

덜컹!

재식을 데려온 고블린들은 어느 밀실처럼 보이는 곳에 이르렀다.

그들은 재식을 번쩍 들어 올려 수술대처럼 보이는 곳에 눕혔다.

'이런……'

그제야 재식은 번쩍 깨달았다.

뭔가 자신이 겪은 일과 비슷하다고 생각했더니, 그건 바로 생체 실험이었다.

재식은 얼른 고개를 사방으로 돌려가며 밀실 내부를 눈으로 훑었다.

수술대 주변에는 인간과 오크, 고블린, 코볼트 등 다양한 종의 시체들이 널브러져 있었다.

수술대 옆에는 기괴한 도구들이 올려진 탁자가 보였고, 그 옆에는 청소년 정도로 보이는 고블린이 서 있었다.

"끼긱!"

챠콥은 재식이 자신의 실험대 위에 놓이자 고블린들을 바라보며 소리쳤다.

그런 챠콥의 소리에 고블린들은 고개를 꾸벅 숙이며 인사하더니 밀실 밖으로 나갔다.

부하들이 자신의 실험실에서 나가자, 챠콥은 실험대 위에 놓인 재식을 내려다보며 비릿한 미소를 지었다.

"$\Omega\Psi Z\Sigma\Phi\Sigma T$!"

재식은 자신의 곁에 서서 알아들을 수 없는 소리를 중얼거리는 커다란 고블린을 쳐다봤다.

그 고블린의 중얼거림을 끝나자 놈의 손안에서 검은 안개처럼 보이는 게 뭉게뭉게 피어올랐다.

'헉! 저게 뭐야?'

기이한 현상을 목격한 재식이 깜짝 놀라며 눈을 동그랗게 떴다.

하지만 더 놀랄 만한 일이 남아 있었다.

"인간, 들리나?"

챠콥은 통역 마법을 재식에게 건 뒤, 말을 건넸다.

하지만 이를 알지 못하는 재식은 갑자기 커다란 고블린이 뭐라 중얼거린 뒤, 갑자기 한국어가 들리자 눈을 부릅떴다.

'어떻게 몬스터가 사람의 언어를 말하는 거지?'

재식은 자신이 직접 경험했음에도 지금 상황을 도저히 믿을 수가 없었다.

"방금 네가 말한 거냐?"

재식은 방금 전 자신이 들은 게 사실인지 확인하기 위해 되물었다.

그러자 챠콥은 송곳니가 훤히 보이게 미소 짓더니 말을 이었다.

"역시 인간들은 다 똑같군. 내가 통역 마법을 걸면 하나같이 똑같은 말을 한단 말이야."

챠콥이 놀리듯 재식을 내려다보며 말했다.

"큭… 무엇 때문에 우리를 살려둔 거지?"

재식은 인간의 말을 할 수 있는 챠콥을 수상하다는 눈빛으로 바라봤다.

하지만 그보다 더 이상한 건 놈이 자신이나 다른 헌터들을 살려서 감옥에 가둬둔 것이었다.

그런 재식의 질문에 챠콥이 비릿한 미소를 지으며 답했다.

"호, 인간의 지능이 그 짧은 순간에 퇴화한 건가? 여기가 무엇을 위한 장소인지는 니도 짐작할 수 있지 않나?"

"음!"

재식은 챠콥의 답변에 작게 신음을 터뜨렸다.

그동안 몬스터를 연구한 학자들은 고등급, 즉 위험 등급이 높은 몬스터일수록 지능이 높다고 입을 모았다.

그리고 위험 등급이 낮은 고블린이나 코볼트 정도의 몬스터는 지능이 낮아서 고차원적인 사고를 가질 수 없다고 발표했다.

하지만 지금 자신과 대화를 나누는 고블린을 보면 그렇지도 않은 모양이었다.

오크도 족장이나 대족장, 그리고 그들의 왕인 오크 로드 정도에 이르는 특별한 개체가 있듯, 고블린 중에서도 얼마든지 특별한 개체가 등장할 가능성은 있었다.

"혹시 너는 오크의 왕인 오크 로드와 같은 존재인가?"

재식은 자신의 추측을 부정하면서도 오크 로드란 이름을 거론했다.

그러자 챠콥은 눈을 반짝이며 재식을 노려봤다.

그러더니 작게 중얼거리며 한 손으로 턱을 쓰다듬었다.

"오크 로드……."

그렇게 중얼거린 챠콥은 무슨 이유에서인지 재식의 질문

에 착실하게 대답을 들려주었다.

"난 아직 로드는 아니지만, 고블린을 이끄는 지도자 중 하나지."

챠콥은 재식에게 자신에 대한 설명을 숨김없이 들려줬다.

재식은 속으로 그 대담함에 놀랐지만, 다음에 이어진 말에 입을 쩍 벌리며 탄식을 내뱉고 말았다.

"왜, 쓸데없이 주절거린다고 생각하는 건가? 어차피 내 실험이 성공한다면 너나 감옥에 있는 인간들은 내 가디언이 되어 쓰일 거야."

챠콥은 상어의 이빨을 연상시킬 정도로 촘촘히 돋아난 날카로운 이빨이 모두 보일 정도로 크게 입을 벌리며 미소 지었다.

놈은 마치 영웅을 위기에 몰아넣은 악당처럼 환하게 웃으며 자신의 계획을 주저리주저리 떠들어 댔다.

"기대하라고, 특이한 인간!"

챠콥은 많은 이야기를 들려준 뒤, 재식에게 수면 마법을 걸었다.

재식이 잠에 빠져들자, 챠콥은 재식의 손발을 묶은 밧줄을 풀고 실험대 모서리에 있는 족쇄를 채웠다.

본격적인 실험을 앞두고 재식이 움직이지 못하게 단단히 고정시킨 것이었다.

"운이 좋으면 이번 실험으로 난 5서클에 오를 것이다.

그러면……."

챠콥은 던전 인근에 서식하는 코볼트와 오크를 연구하며 5서클로 가는 실마리를 대충은 잡은 상태였다.

다만 마지막 고비를 넘기지 못해 4서클에 머물 뿐이었다.

하지만 며칠 전, 던전에 인간들이 들어와 기꺼이 실험체가 되어 주었다.

마력에 둔감한 편인 몬스터가 아니라 마력을 민감하게 느낄 수 있는 인간의 몸으로 실험하며 유의미한 결과를 얻을 수 있었다.

비록 실험 자체는 실패했지만, 덕분에 5서클이 될 수 있는 기반을 다질 수 있었다.

게다가 꼭 이번이 아니더라도 아직 실험체로 써먹을 인간이 둘이나 남았다.

조금만 더 노력하면 실험에 성공할 테고, 그렇게 된다면 완벽한 5서클을 이룰 수 있을 것이다.

"하하하! 얼마 남지 않았다."

챠콥은 조만간 그렇게 소원하던 5서클 흑마법사가 될 것이란 생각에 기분이 좋아졌는지, 광폭한 웃음을 터뜨렸다.

3. 홉고블린 차컵의 실험

헌터 협회 서울 남부 지부는 비상이 걸렸다.

오랜만의 미발견 게이트 신고로 들뜬 분위기는 던전 탐사 및 몬스터 퇴치를 위해 협회의 의뢰를 받아 떠난 헌터들이 실종되면서 박살 나고 말았다.

사실 처음에는 겨우 고블린 정도가 출몰하는 던전이라 별로 위험하다 생각지 않았다.

그저 오랜만의 던전 탐사 의뢰로 헌터들이 욕심을 부려 늦는구나 생각했을 뿐이었다.

하지만 하루가 지나고 이틀이 지나도 헌터들은 돌아오지 않았다.

남부 지부에서는 혹시 모를 상황에 대비해 실종 헌터들에 대한 수색 의뢰를 내걸었다.

이전 던전 탐사 의뢰는 입장 제한을 낮게 책정했다.

그러면서 파티마다 중급 헌터가 포함될 것을 주문했지만, 혹시 있을 위험을 대비한다는 의미에 불과했다.

사실 이것도 겨우 고블린이 나오는 던전인데 제한을 더 낮춰야 한다는 비판이 나올 정도였다.

하지만 그들의 반발과 다르게 정말 문제가 발생하고 말았다.

그래서 실종 헌터를 찾는 의뢰는 중급 이상의 헌터들만으로 구성해 던전에 파견했다.

그런데 어찌 된 영문인지 이번에도 파티원 전원이 실종되고 말았다.

겨우 네 명으로 이루어진 파티라고 하지만, 최하 30레벨 중반의 헌터들었고 파티장인 이종욱 헌터의 경우엔 무려 47레벨이었다.

그뿐만 아니라, 이종욱은 헌터 경력만 5년이 넘는 베테랑 헌터였다.

그가 실수 때문에 실종되었을 리가 없으니, 남부 지부로 서는 이번 헌터 실종 문제를 야기한 미발견 던전이 심상치 않다는 걸 뒤늦게 깨달았다.

고블린만 나오는 던전에서 47레벨이 포함된 중급 헌터

파티가 실종되었다.

그 말인즉, 이번에 발견된 던전의 위험 등급이 겉으로 보이는 것처럼 4등급이 아니란 뜻이었다.

불과 며칠 사이, 남부 지부는 비상 대책 회의를 몇 번이고 반복하며 대책 마련을 위해 고심을 거듭했다.

하지만 뚜렷한 해결책은 도출되지 않았다.

그도 그럴 것이, 도대체 이게 어떻게 된 일인지 그 이유를 알 수 없기 때문이었다.

헌터 협회는 이미 이번 던전을 4등급이라 발표했다.

실제로 협회 본부에서 나온 조사관이 에너지 측정까지 다 마친 결과였다.

또한 그 던전에 들어갔다가 돌아온 헌터들에게 증언을 듣기로도 분명 던전에는 고블린 외에 어떤 몬스터도 존재하지 않았다고 말했다.

즉, 협회에서 측정하고 발표한 것에는 아무 이상이 없었다.

그런데도 던전의 등급보다 높은 수준의 파티마저 실종되었으니 미칠 노릇이었다.

회의에 참석한 간부들도 어처구니없어서 그 어떤 말도 꺼내지 못했다.

그렇다고 실종된 중급 파티 이상의 전력을 보내자니 이 또한 헌터 협회로서는 자신들이 무능하다고 발표하는 셈이었다.

헌터 길드에 의뢰를 넣는 것 또한 마찬가지이기에 이도저도 못하고 시간만 흘러갈 뿐이었다.

탕!

"무슨 말이라도 해보란 말이야, 말을!"

남부 지부장인 이해룡은 테이블을 한 손으로 내려치며 호통쳤다.

지부의 간부란 사람들이 꿀 먹은 벙어리마냥 비상 상황에서 아무런 말도 하지 않고 서로 눈치만 보고 있으니, 미치고 환장할 노릇이었다.

하지만 이미 결론이 빤히 보이는 문제를 가지고 대책을 내놓으라는 이해룡의 말은 그저 간부들에게 책임을 전가하려는 의도로 비춰질 뿐이었다.

그걸 잘 알기에 어느 누구도 말을 꺼내지 않는 것이었다.

"반 과장, 어디 이번에도 한 번 말해봐!"

아무도 대답하지 않자, 이해룡은 언제나 자신과 대척점을 이루는 반도강 과장에게 답을 요구했다.

"본부에 연락을 취해 직할팀을 보내 달라고 요청하십시오."

반도강 과장은 표정 변화 하나 없이 가장 아픈 부분을 푹 찔렀다.

"뭐? 지금 그걸 말이라고 하는 거야? 그런 말이라면 누가 못해!"

역시나 이해룡 지부장은 역성을 내며 길길이 날뛰었다.

헌터 협회 직할팀이 출동하면 이 정도 문제는 금방 해결된다는 것은 이 자리에 있는 그 누구라도 알고 있었다.

그럼에도 그걸 언급하지 못하는 것은 바로 이해룡 지부장 때문이었다.

이해룡 지부장이 출세하기 위해 발악하고 있다는 것을 너무도 잘 알기에 지부의 문제로 본부의 직할팀을 부르는 방안은 결코 받아들이지 않을 거라 생각했다.

차라리 헌터 길드에 은밀하게 의뢰를 넣고 말지, 본부의 도움을 요청하지는 않을 터였다.

"그럼 이번에도 지부 예산을 유용해 헌터 길드에 의뢰를 넣으실 겁니까?"

반도강이 얼굴을 붉히며 소리쳤다.

지부장인 이해룡이 이곳 남부 지부의 운용 자금을 유용한 사례는 비단 이번만이 아니었다.

그 점을 콕 집어 말하는 반도강의 모습에 다른 간부들이 내심 혀를 내둘렀다.

정말 간 하나는 큰 인간이었다.

"그게 나만 좋자고 한 일인가? 모두 우리 지부를 위해 그런 것 아니야!"

자신의 비위에 대해 알고 말하는 반도강 과장의 말에 이해룡은 대꾸할 말이 이것밖에 없었다.

물론 이해룡 지부장이 한 일이 어느 정도 지부에 도움이 되기는 했다.

하지만 그건 결코 내세울 만한 일이 아니었다.

지부장이 지부의 예산 일부를 빼돌려 개인의 일에 유용하는 과정에서 일부 득을 본 부분이 있지만, 그 예산을 제대로 운용했다면 더 큰 효과를 봤을 것은 너무나 자명한 일이었다.

"이미 늦었습니다."

"뭐가 늦었다는 말인가?"

이해룡은 느닷없는 반도강의 말에 눈을 껌뻑이며 되물었다. 그 물음에 반도강은 무덤덤한 표정으로 말을 내뱉었다.

"회의에 참석하기 전에 지원 요청을 하고 왔습니다."

"이 미친 새끼야!"

쾅!

반도강의 대답을 듣기 무섭게 이해룡이 벌떡 일어나며 테이블을 내리쳤다.

보고조차 하지 않고 독단으로 본부에 지원 요청을 했으니 당연 화가 날 수밖에 없었다.

그도 그럴 것이, 이번 미발견 게이트는 남부 지부가 전담하기로 결정됐기 때문이다.

그런데 일이 잘못됐다고 냉큼 본부에 지원을 요청하는 것은 남부 지부의 능력이 없다고 선언하는 것이나 다름없는 일이었다.

　반도강의 폭탄선언에 지부장인 이해룡뿐만 아니라, 지금까지 아무런 말도 못하고 자리에 앉아 있던 간부들 또한 표정이 굳어졌다.

　이는 지부장 개인의 평가에서 그치는 게 아니라, 남부 지부에 속한 모든 직원들의 능력에 관한 일이기 때문이었다.

　하지만 반도강이 생각할 때, 지부장인 이해룡이나 간부랍시고 대책 회의에 참석해 놓고도 아무 의견도 내지 못하는 이들이나 오십보백보였다.

　똑똑.

　반도강의 독단적인 행동으로 회의 분위기가 험악해진 가운데, 회의장에 노크 소리가 울려 퍼졌다.

　"뭐야! 회의 중에는 아무도 방해하지 말라고 했잖아!"

　느닷없는 방해에 이해룡 지부장은 고함을 내질렀다.

　그러자 회의실 문이 살짝 열리며 검은 양복을 입은 비서가 들어와 조심스럽게 말을 건넸다.

　"지부장님, 중앙 본부에서 사람이 나왔습니다."

　"뭐?"

　반도강으로부터 어처구니없는 이야기를 들은 게 방금인데, 벌써 본부에서 사람을 보냈다는 말에 이해룡이 깜짝 놀라고 말았다.

　자신들은 물론이고, 헌터 협회 본부의 윗선도 결코 이렇게 빨리 움직일 만큼 엉덩이가 가벼운 이들이 아니었다.

그나마 자신들이야 오랜만에 생긴 건수로 신경이 예민해진 상태라 실종 헌터가 나오자마자 그들을 찾는 의뢰를 내걸고 프리랜서 헌터들을 묶어 보낸 것이었다.

어디까지나 헌터 협회의 이윤 때문에 그런 것이지, 헌터들의 안전이 걱정되기 때문에 나선 게 아니었다.

그런데 아무리 반도강이 지원 요청을 보냈다해도, 본부에서 이렇게 빨리 사람을 보냈다는 것은 뭔가 이상했다.

"크흠, 굳이 이곳으로 데려왔나? 지부장실로 안내하지……."

이해룡은 비서에게 질책성 타박을 건넨 뒤에 한마디를 더 덧붙였다.

"본부에서 사람이 왔다고 하니, 오늘 회의는 이만 끝내고 나중에 다시 하자고."

그는 얼른 회의실을 나서 본부에서 나온 인물을 맞이하려 했다.

하지만 일은 그의 뜻대로 진행되지 않았다.

"아닙니다. 그냥 이 자리에서 지부장님의 이야기를 듣겠습니다."

언제 들어왔는지 협회 직할 헌터 팀의 전투 슈트를 입은 여성이 말했다.

'어? 저 표시는…….'

회의장 안으로 들어온 여성의 왼쪽 가슴에는 하얀 뿔을 가진 유니콘 모양의 엠블럼이 수놓아져 있었다.

그것은 대한민국 헌터 협회 직속 헌터 중 각성 헌터들만으로 이루어진 팀 유니콘의 엠블럼이었다.

총원 45명 전원이 각성 헌터인 것은 물론이고, 평균 52레벨의 헌터들로 구성된 협회 소속 팀들 중 하나였다.

그런 팀 유니콘에서 지부의 일에 헌터를 보낸 것이었다.

"안녕하십니까, 전 팀 유니콘 5번 전대장을 맡은 최수연이라고 합니다."

최수연은 회의장 한쪽 자리에 앉으며 자신을 소개했다.

"팀장님께 듣기엔 던전 탐사 및 몬스터 퇴치 의뢰를 받아 나간 헌터들이 실종되는 바람에 그들의 행방을 조사하기 위해 프리 헌터들을 파견하셨다고요."

최수연은 담담한 표정으로 자신이 들은 정보가 맞는지 확인하며 책상 위에 놓인 파일을 집어 들었다.

"고블린 던전이라고 하던데… 조사팀 구성은 어떻게 하셨습니까?"

이 자리에 모인 지부 간부들의 표정이 썩어 들어가는 것을 보지 못했는지, 그녀는 무덤덤한 얼굴로 담백하게 질문을 던졌다.

"예. 조사팀 전원이 유전자 변이 시술을 받은 중급 헌터들이었고, 그중 파티장은 47레벨의 베테랑 헌터였습니다."

지부장을 대신해 대답한 반도강은 팀 유니콘의 5번 전대장으로 있는 최수연에게 47레벨 중급 헌터를 베테랑이라 소개하는 것이 맞는지 헷갈렸다.

일단 프리랜서 헌터로 5년간 활동하며 47레벨이라면 충분히 강한 축에 들어가는 베테랑이 맞았다.

하지만 이야기를 듣는 사람의 레벨도 레벨이거니와 무엇보다 그녀는 각성 헌터였다.

남부 지부장인 이해룡에게도 막말을 서슴없이 내뱉던 반도강도 눈앞에 앉은 최수연에게는 함부로 말을 꺼내기가 쉽지 않았다.

그녀가 비록 자신보다 한참이나 어려 보이는 외모를 가지고 있다고 해도 말이다.

"조금 이상하군요."

최수연은 반도강의 설명을 듣더니 고개를 갸웃거렸다.

그도 그럴 것이, 무언가 이치에 맞지 않았다.

고작 4등급의 던전이었다.

그리고 그곳에서 나오는 몬스터는 최하급 몬스터의 대명사인 고블린뿐이었다.

일반 헌터가 포함된 파티라면 고블린의 숫자에 따라서, 혹은 방심해 위험에 처했을 가능성도 높았다.

하지만 모두 중급 헌터로 이루어진 파티라면 이야기가 달랐다.

각성 헌터는 아니더라도 5년 경력의 47레벨 중급 헌터가 포함된 파티라면 위험할 수가 없다고 단언할 수 있었다.

그럼에도 조사팀이 실종되었다는 것은 이번에 발견된 던전이 그동안 자신들이 알던 것과는 다르다는 의미일 터였다.

최수연은 파일을 넘기며 이 이상한 던전의 등급과 몬스터, 그리고 실종된 헌터들의 정보 등을 취합했다.

그러다 무엇을 보았는지 그녀의 눈이 커졌다.

'어! 설마……'

실종된 헌터들 중에 한 명, 자신이 아는 사람이 포함되었기 때문이다.

"뭐 이상한 거라도 발견하셨습니까?"

파일을 살피다 눈이 커지는 최수연의 모습에 반도강이 고개를 갸우뚱하며 물었다.

"아닙니다. 그냥 아는 사람과 닮은 사람이 있어서……."

수연은 자세하게 설명하기보다는 그냥 적당히 말을 얼버무렸다.

그러자 반도강이 계속해서 설명을 이어 나갔다.

"그럼 설명을 계속 하겠습니다. 미발견 게이트에 다녀온 헌터들의 말에 의하면……."

이번에 발견된 던전은 협회에 엄청난 돈을 가져다줄 자원이 풍부한 던전이었다.

건축 자재로 전 세계 부호들에게 각광받는 야광석이 지천에 널려 있다는 것이다.

야광석은 돌 자체가 보석처럼 빛을 내기에 건축 자재 중에서는 최고로 손꼽힐 정도였다.

가격으로 치면 같은 무게의 금에 버금갈 정도로 고가였다.

던전의 크기가 얼마나 넓은지 아직 정확하게 파악되지 않았지만, 남부 지부는 최소 백 톤 정도는 채굴할 수 있으리라 예상했다.

자초지종을 들은 최수연은 깜짝 놀라 눈을 동그랗게 떴다.

당초 협회 본부가 예상한 것보다 이번 던전의 가치가 훨씬 크기 때문이었다.

만약 이러한 사실이 헌터 길드에 알려졌더라면 아마 기를 쓰고 던전 개발에 뛰어들었을 것이다.

"이러한 정보를 본부에 알리지 않은 겁니까?"

최수연은 이해룡 지부장에게 시선을 옮기며 물었다.

그러자 이해룡은 헛기침을 하며 눈을 피했다.

모든 정보를 본부에 전하지 않고 누락시킨 정황이 드러났기 때문이다.

이해룡은 이번 던전을 남부 지부에서 책임지기로 결정됐는데, 던전이 엄청난 보물 창고란 것이 알려지면 본부에서 다시 회수해 갈까 봐 정보를 숨긴 것이었다.

그게 들통났으니 아무리 **뻔뻔한** 인간이라도 최수연을 똑바로 보기가 겸연쩍었다.

이해룡의 반응에 앞뒤 사정을 대강 짐작한 최수연이 작게 한숨을 내쉰 뒤 말을 이었다.

"잘 알겠습니다. 일단 저희에게 지원 요청이 들어왔으니, 이 시간부터 이번 던전 내 헌터 실종 사건은 저희가 맡겠습니다."

최수연은 혹시라도 이해룡 지부장이 욕심을 부릴 것을 대비해 확실하게 자신이 인수인계 받았다는 걸 공표했다.

그러더니 자신의 보좌로 동행한 헌터에게 이 내용을 정리해 팀장에게 보고하라는 지시를 내렸다.

그러면서도 그녀의 눈은 이해룡 지부장에게서 떨어지지 않았다.

'늙은 구렁이가 욕심만 많아가지고……'

현장에서 일하는 협회 소속 헌터들에게 남부 지부장 이해룡의 이름은 널리 알려져 있었다.

자신의 영화를 위해 밑에 있는 사람의 안전은 철저히 무시하는 인물이라고 말이다.

나이를 먹으면서 더욱 탐욕스러워지는지 언젠가 협회에 큰 해를 끼칠 게 분명하다는 소문이 돌고 있음에도, 정작 본인은 그러한 소문을 전혀 모르는 멍청이였다.

　　　　*　　　　*　　　　*

　챠콥은 자신의 실험대 위에서 잠들어 눈을 감고 있는 재식을 내려다봤다.

　수면 마법으로 정신을 잃은 재식을 바라보던 챠콥은 절로 비릿한 미소를 지었다.

　"참으로 희한하단 말이야……."

　아무리 생각해도 이번에 잡아들인 인간들은 특이했다.

　그 때문에 챠콥은 이번 마력 접목 실험을 끝마치면, 라이칸스로프도 아니면서 반인반수가 될 수 있는 인간들의 비밀을 파헤치자고 결심했다.

　그 비밀을 알아내면, 5서클을 넘어 6서클 흑마도사가 될 수도 있을 것만 같았다.

　챠콥이 이런 생각을 하는 건 다 이유가 있기 때문이었다.

　수인족이라 불리는 라이칸스로프들은 특유의 마력 패턴을 가지고 있었다.

　그 패턴에 따라 웨어 울프나 웨어 베어 등으로 종이 갈렸다.

　그런데 이곳 차원의 인간들은 마력의 패턴이 인간과 같으면서도 라이칸스로프처럼 변신하는 건 물론이고, 인간의 모습일 때보다 더 강력한 힘을 낼 수 있었다.

　물론, 진정한 라이칸스로프에 비해 마력이나 전투력이 그리 강하지는 않았지만, 이번에 잡아온 인간들은 뭔가 달랐다.

특히 마지막에 붙잡은 인간의 마력 패턴은 거의 라이칸스로프에 육박하는 마력을 가지고 있었다.

챠콥은 선천적인 능력이 아니라, 인위적으로 조작해 만들어진 능력이라 결론 내렸다.

그 방법만 알아낸다면 자신이 지금 이루려는 경지를 넘어 더 위대한 경지를 이룰 수 있을 게 분명하다 믿었다.

챠콥은 얼른 마력 접목 실험을 완성하고 싶어 몸이 근질거렸다.

비록 어제 오크의 마정석을 접목하는 실험은 아깝게 실패로 끝났지만, 오늘은 분명 성공할 것만 같았다.

어제 실험은 성공 직전까지 갔다가 마지막 고비를 넘기지 못하고 실패했다.

다행히 실패의 원인을 발견했고, 이를 바로 잡기 위해 마법진을 수정했다.

'몸에 지닌 마력이 클수록 반발이 적었어. 그걸 감안한다면 이번엔 반드시 성공할 것이다.'

지금까지 마력 접목 실험을 반복한 결과, 순수한 인간들보다 라이칸스로프처럼 변신하는 특이 개체들의 부작용이 덜했다.

순수한 인간의 심장에 오크의 마정석을 이식하면, 깨어나자마자 가슴을 부여잡고 발광하다가 피를 토하며 죽어버렸다.

마정석의 마력을 감당하지 못하는 게 그 이유였다.

그런데 특이 개체들은 오크의 마정석을 이식하면 처음에는 통증을 느끼며 괴로워했지만 곧 괜찮아졌다.

다만, 시간이 지나 마정석에서 마력이 흘러나오는 걸 감당하지 못하고 결국 죽어버렸다.

그런데 인간이 죽은 후에도 몸에 마력이 남아 있는 걸 확인할 수 있었다.

실험은 실패했지만 새로운 사실을 발견한 것만으로도 괜찮은 성과였다.

처음과 달리 챠콥은 조급하게 생각하지 말자며 자신을 다독였다.

그러고 나서 새로운 발견에 기뻐하며 인간의 시체를 언데드로 만들었다.

시체에 마력이 남아 있기 때문인지, 보통의 시체로 만든 것보다 더 강력한 좀비가 되었다.

언데드 몬스터 중 좀비의 상위 개체인 구울이란 게 있다.

시체가 살아 움직이는 듯한 몬스터로, 좀비와 다르게 빠르게 움직일 수도 있었고 웬만한 물리력으로는 상처를 입히기 힘든 방어력이 특징이었다.

그뿐만 아니라, 날카로운 손톱과 이빨을 이용한 공격은 상당히 위력적이기까지 했다.

좀비보다 강력한 구울을 만들기 위해선 많은 재료가 필요했다.

그런데 챠콥은 그런 재료 없이 구울에 버금가는 언데드를 손쉽게 만들 수 있었다.

챠콥이 준비한 재료라고는 오크의 몸에서 빼낸 마정석과 인간의 시체뿐이었다.

구울을 만들 때 들어갈 재료와 비교하면 겨우 10퍼센트 정도의 재료를 소비한 것이었다.

보통은 실험에 실패하면, 그동안 준비한 재료들이 일시에 날아가 버렸다.

하지만 이번 마력 접목 실험은 유의미한 결과가 나오지 않더라도 자신이 얻는 것이 있으니 걱정할 필요가 없어졌다.

비록 언데드를 양산할 목적은 아니지만, 뭐니 뭐니 해도 시체를 재활용할 수 있다는 점이 가장 마음에 들었다.

게다가 실험이 성공할 경우, 자신은 더욱 강력한 존재로 거듭날 수 있다는 확신이 생겼다.

원래 실험의 목적은 마정석의 마력이 타 개체의 몸에 들어가면 어떤 영향을 미치는지 확인하는 것이었다.

최종 목적은 거기서 한 발 더 나아가 기존의 마력과 연동시킬 수 있는지 알아보는 것이었다.

자신의 연구를 입증할 수 있다면 챠콥은 자신의 부족한 마력을 다른 몬스터의 마정석으로 보충해 강제로 서클을 올릴 계획이었다.

"리미티드 패럴라이즈(Limited Paralyse)!"

챠콥은 재식의 가슴을 가르기 전에 우선 범위를 지정해 마비 마법을 걸었다.

그러고 나서 실험대 한쪽에 올려놓은 날카로운 단검을 들어 재식의 살을 갈랐다.

두근두근.

리미티드 패럴라이즈는 마치 수술 전 마취를 하듯 작은 범위에 마비를 걸어두는 마법이기에 심장까지 영향을 미치지 않았다.

갈라진 가슴 속에 자리 잡은 재식의 심장은 힘차게 박동하고 있었다.

하지만 챠콥은 팔딱팔딱 뛰는 재식의 심장에도 마비 마법을 걸었다.

그러자 한순간 시간이 멈춘 듯 심장이 더는 뛰지 않았다.

챠콥은 망설임 없이 재식의 심장을 가르고, 그 안에 새끼 손톱보다 조금 작은 오크의 마정석을 심었다.

그리고 안정적으로 마정석이 자리를 잡자, 그것을 중심으로 오망성의 마법진을 그려넣었다.

작업을 마친 챠콥은 심장과 가슴을 봉합한 뒤 힐 마법으로 상처를 아물게 만들었다.

흑마법사다 보니 치료 마법의 효율이 그리 좋지 못했지

만, 그래도 심장과 가슴에 난 작은 칼자국 정도는 충분히 봉합할 수 있을 정도는 됐다.

이를 증명하듯 방금 전 재식의 가슴을 절개한 흔적은 확인할 수 없을 정도로 깔끔했다.

"바이탈라이즈!"

챠콥은 재식의 가슴에 손을 올리더니 심장에 그려둔 마법진을 활성화했다.

그러자 마법으로 멈춰 있던 심장이 다시 뛰며 두근거리는 소리가 울려 퍼졌다.

그와 동시에 심장의 마법진에서 마력이 흘러나와, 혈관을 타고 재식의 몸속으로 뻗어 나갔다.

마정석의 마력은 마치 물이 든 컵에 잉크를 떨어뜨린 것처럼 조금씩 재식의 몸을 물들였다.

"디텍트 마나!"

마력 탐지 마법을 시전한 챠콥은 재식의 심장에서 뿜어져 나온 마력이 움직이는 걸 확인했다.

"호, 지금까지는 성공이다."

챠콥은 자신의 예상대로 흘러가는 실험에 만족스런 미소를 지어 보였다.

지금껏 여러 차례 수정하고 개량한 마법진이 정상적으로 작동하는 것을 확인한 챠콥은 다음 단계로 진행해도 괜찮겠다고 판단했다.

챠콥의 마법진은 총 세 단계를 걸쳐 완벽하게 활성화되도록 짜여 있었다.

그건 천천히 단계를 올리며 마법진에서 뿜어져 나오는 마력의 양을 조절하기 위함이었다.

"업!"

한 단계를 올리자 심장박동이 빨라지는 것이 느껴졌다.

두근! 두근!

평범한 인간들은 이 단계에서 실패하며 목숨을 잃고 말았다.

1단계는 어느 정도 버텼지만, 2단계로 나아가기 무섭게 피를 토하며 발버둥 쳤다.

그런데 재식은 심장박동이 조금 더 빠르게 뛰는 것 외에는 별다른 변화가 없다.

"호! 역시 마법진에 문제가 있었군."

마력의 흐름을 지켜보던 챠콥은 이전 실험에서 그려 넣은 마법진이 잘못됐다는 걸 확인했다.

재식의 육체가 2단계 마법진에도 안정을 유지하는 걸 확인했지만, 챠콥은 쉽게 마지막 단계로 나아가지 못하고 머뭇거렸다.

그도 그럴 것이, 이 마지막 3단계에서 계속된 실패를 경험했기 때문이다.

하지만 어차피 마지막 단계까지 가봐야 실험이 성공하는

지 실패하는지 알 수 있었다.

챠콥은 부디 실험이 성공하길 간절히 빌었다.

"마지막 3단계다. 업!"

재식의 가슴 위에 올려둔 챠콥의 손에 검은 안개 같은 것이 모이더니, 곧바로 재식의 가슴 속으로 스며들었다.

그러자 심장에 새겨진 마법진이 더욱 강렬하게 빛났다.

그러더니 조금 전과는 비교도 되지 않을 정도로 심장이 빠르게 요동쳤다.

마치, 액셀 페달을 끝까지 밟은 자동차 엔진의 피스톤이 쉬지 않고 움직이는 것 같았다.

쿵쾅! 쿵쾅!

마법진에서 뿜어져 나온 진한 마력은 심장박동에 밀려 혈관을 타고 온몸으로 뻗쳤다.

그러자 여전히 잠들어 있는 재식의 팔다리가 밀려드는 마력의 압력을 이기지 못하고 팔딱거렸다.

하지만 그것은 전신에 내달리는 마력이 팔다리 근육과 신경세포를 자극하면서 재식의 의지와 상관없이 움직이는 것에 불과했다.

"호……."

챠콥은 재식의 육신이 의지와 상관없이 움직이는 것을 심각한 표정으로 주시했다.

이게 마지막 고비였다.

라이칸스로프처럼 변신하던 특이 개체도 이 마지막 고비를 넘기지 못하고 죽어버렸다.

챠콥이 마른침을 연신 삼키며 실험 결과를 기다리기를 잠시, 드디어 재식의 몸이 조금씩 변화를 일으켰다.

'윽! 도대체 뭐야?'

챠콥의 마법으로 깊게 잠들어 있던 재식은 느닷없이 느껴지는 가슴의 통증으로 얼핏 잠에서 깨어났다.

하지만 마법에 대한 저항력이 없다 보니 챠콥의 수면 마법에서 바로 깨어나지 못하고 비몽사몽했다.

하지만 그것도 잠시, 심장에서 느껴지던 통증이 온몸으로 퍼져 나가자 재식은 의식을 차릴 수밖에 없었다.

삐그덕! 삐그덕!

그와 동시에 재식의 전신이 바르르 떨리며 누워 있는 실험대를 삐걱거릴 정도로 흔들어 댔다.

'아악!'

재식은 이를 악물며 심장에서 시작된 마력의 질주를 견뎠지만, 뇌에 도착한 마력의 폭주까지는 참기가 어려웠다.

쾅!

재식의 의지와 상관없이 내부를 돌아다니는 마력은 혈관 속에 쌓인 노폐물을 씻어냈고, 좁은 뇌혈관까지도 폭발하듯 뚫어버렸다.

'헉!'

머릿속에서 폭발이 일어나자 재식의 눈이 번쩍 떠졌다.

실제 물리적인 폭발은 아니었기에 재식의 뇌가 상처를 입은 건 아니었다.

다만 챠콥이 걸어둔 수면 마법이 마력의 폭발로 지워졌다.

마법이 사라지자 챠콥의 수면 마법에 걸려 실험대에 누워 있던 재식은 반사적으로 상체를 일으켰다.

하지만 재식은 사지가 결박돼 있기에 원하던 바를 이룰 수가 없었다.

"아니!"

하지만 이를 지켜보던 챠콥은 깜짝 놀라 비명을 내지를 수밖에 없었다.

"슬립! 어?"

챠콥은 얼른 잠에서 깨어난 재식을 재우기 위해 마법을 사용했다.

그러나 재식은 눈을 말똥말똥 뜬 채 챠콥을 올려다보고 있었다.

본디 수면 마법이란 마력이 뇌에 침투해 대상을 잠들게 하는 마법인데, 재식은 마력의 폭발로 인해 머릿속에 마력이 충만한 상태였다.

그렇기에 뇌에 영향을 미치는 마법은 제대로 된 효과를 발휘하지 못했다.

대신 외부의 마력이 머릿속에 침투한 재식은 다른 반응을 일으켰다.

이미 포화 상태인 뇌에 외부의 마력이 더해지자 과부하를 일으키고 말았다.

"크악!"

마력 폭발로 이미 한 차례 큰 충격을 받은 재식은 또다른 마력이 날뛰자 칼로 뇌를 난도질하는 듯한 고통을 느꼈다.

"크아악!"

재식은 비명을 내지르며 자신에게 고통을 선사한 존재를 찾기 위해 주변을 살폈다.

본능적으로 자신을 공격한 존재에게 복수하기 위한 행동이었다.

하지만 아무리 주변을 둘러봐도 자신에게 위해를 가할 수 있는 존재는 챠콥뿐이었다.

재식은 챠콥을 적으로 규정하고 괴성을 내지르며 발버둥 쳤다.

4. 재식의 폭주

재식은 뇌를 자극한 마력으로 인해 이성을 잃고 날뛰었다.

그러나 구속된 팔과 다리로 인해 실험대 위에서 펄떡거릴 뿐이었다.

"크아악!"

어떻게든 참을 수 없는 고통을 해소하고 싶다는 본능에 따라 팔다리를 움직였지만, 구속구로 인해 뜻을 이룰 수가 없었다.

철컹! 철컹!

챠콥은 당장에라도 결속을 풀고 달려들 것처럼 발악하는

재식을 내려다보며 피식 웃었다.

재식의 팔다리를 묶고 있는 구속구는 단순한 철조각이 아니기 때문이었다.

그것은 마력을 억제하는 봉인구로써 착용자가 거칠게 저항할 경우, 내부에 흐르는 마력을 집결하지 못하게 흐트러뜨렸다.

심장에 새겨진 마법진에서는 계속해서 마력이 흘러나왔고, 그와 반대로 사지 끝에 묶인 족쇄는 마력을 흩트렸다.

그러다 보니 재식의 몸속에서 순환하지 못한 마력은 계속해서 충돌하며 재식에게 엄청난 고통을 선사했다.

"아악!"

덜컹!

재식은 단말마와 같은 비명을 지르며 몸을 허공으로 튕겨댔다.

시간이 지날수록 재식의 몸부림은 더욱 커졌지만, 이를 지켜보는 챠콥은 짙은 미소를 머금었다.

이번 실험은 어제 행한 실험보다 더 맹렬한 반응을 관찰할 수 있기 때문이었다.

어제 실험대 위에 누운 실험체는 마지막 3단계 마법진을 활성화시키자 마법진에서 발생하는 마력을 감당하지 못하고 금방 죽어버렸다.

그런데 지금 눈앞에 있는 실험체는 마지막 마법진의 리미트가 해제되었는데도 끈질기게 목숨을 붙들고 있었다.

고통에 몸부림 치면서도 아직까지 마력의 폭주를 버티는 것이었다.

"그래! 조금만, 조금만 더……."

챠콥은 재식의 심장에 심어진 오크의 마정석이 뿜어 대는 마력이 재식의 몸에 안착하는 것을, 아니, 정확히는 재식의 몸이 심장에서 뿜어지는 마력에 적응하는 것을 지켜보며 눈을 반짝였다.

지금까지 실험을 수도 없이 반복했지만, 이토록 흥분되는 순간은 처음이었다.

눈앞의 실험체는 완벽하게 자신의 실험 의도와 일치하는 반응을 보이는 중이었다.

"실험의 성공이 멀지 않아!"

하지만 실험은 챠콥의 뜻대로 흘러가지 않았다.

실험대 위에서 맹렬히 반응하던 실험체가 사지를 묶은 족쇄를 끊어낸 것이었다.

팅!

가장 먼저 오른팔을 구속하던 족쇄가 날카로운 소리를 내며 끊어지더니, 왼팔과 양쪽 다리를 구속하던 족쇄도 연달아 끊어졌다.

"크악!"

자신을 얽맨 족쇄들이 모두 끊어지기 무섭게 재식은 인간의 목소리라고 볼 수 없는 괴성을 내질렀다.

그러더니 다리를 들어 올려 빠르게 내리는 반동을 이용해 실험대 위에 앉았다.

챠콥은 재식이 자신이 직접 만든 마력 구속구를 파괴하자 얼른 실험대에서 물러났다.

그리고 나서 한쪽 벽에 세워둔 실험의 실패작들에게 마법을 걸었다.

"애니메이트 데드(Animate Dead)!"

챠콥은 시체 부활 마법을 시전해 이전 실험에서 사망한 시체들을 일으켜 세웠다.

혹시나 모를 위험에서 자신의 안전을 지키기 위한 방편의 하나였다.

으어어어.

크어어어.

챠콥의 마법으로 움직이는 시체들은 실험대 위에서 경계 중인 재식에게 몰려들었다.

그런데 마법의 힘으로 깨어난 실험체들의 움직임은 일반적인 시체 부활 마법으로 일어난 좀비와는 다른 움직임을 보였다.

대게 애니메이트 데드로 만들어진 좀비의 경우, 겨우 1미터를 움직이는 데도 몇 초의 시간이 흘러야 가능했다.

그런데 챠콥의 마법의 영향을 받은 실험체들은 크게 굼뜨

지도 않았고, 재식과 차콥의 사이에 장벽을 만들 듯 서서 재식의 공격에 대비하기까지 했다.

차콥은 재식이 이 사태에 어떻게 반응할지 기대 섞인 눈으로 쳐다봤다.

"크아앙!"

재식은 자신의 앞을 가로막은 실험체들을 향해 괴성을 질렀다.

구속에서 풀려난 재식은 보이는 것과 달리 아직도 이성을 잃고 있었다.

서로 다른 두 마법진에 의해 갈 곳을 잃은 마력이 역류한 결과, 재식의 머릿속에는 아직도 휘몰아치는 마력이 자리 잡고 있었다.

이 마력이 뇌를 억압하는 이상, 쉽사리 이성을 찾을 수는 없을 터였다.

재식은 본능적으로 차콥에게 도달하는 직선거리에 뭉친 실험체들을 상대하는 것보다는 그 주변의 실험체를 뚫고 돌파하는 게 손쉽다는 걸 알아차렸다.

"크앙!"

꽝!

실험대 위를 박찬 재식은 오른쪽에 멀뚱히 서 있던 실험체를 공격했다.

아무 조짐도 없이 갑자기 행한 공격임에도 실험체는 즉각

적으로 반응하며 자신의 양팔을 머리 위로 들어 올려 정면으로 휘둘렀다.

하지만 재식은 이를 무시하고 오른팔을 수평으로 크게 휘둘렀다.

그러자 실험체의 양팔이 찢겨지는 건 물론이고, 턱까지 날아가 버렸다.

아무리 구울에 버금갈 정도로 강하고 빠른 실험체라도 재식의 공격을 버틸 수 없는 것이었다.

재식의 공격은 본능적이지만, 그만큼 흉폭한 힘을 내포했기 때문이다.

게다가 본능 때문인지 아니면 이 와중에도 헌터의 기본을 잊지 않았는지, 실험체들이 진형을 무너뜨리며 자신을 포위하려 하자 얼른 물러섰다.

그러면서도 양팔과 턱이 사라진 실험체의 목을 부여잡아 제압하는 걸 잊지 않았다.

실험체를 제압해 구석으로 빠르게 뒷걸음질 친 재식은 시체를 움직이게 만드는 힘이 어디서 나오는 것인지 살펴봤다.

그러더니 실험체의 심장에서 마력이 뿜어져 나오는 걸 확인하고 무릎으로 가슴을 올려 쳤다.

쾅!

꽈직!

재식의 무릎은 단번에 실험체의 가슴뼈를 부러뜨리며 파고들었다.

끄아아아!

실험체는 시체에 불과한데도 신체에 타격을 입자 비명을 질렀다.

시체가 고통을 느낄 리가 없는데, 가슴이 움푹 들어간 실험체는 비명을 지르며 몸부림쳤다.

"어서 저놈을 잡아!"

챠콥은 실험체 하나가 허무하게 망가지자 다른 실험체들에게 명령을 내렸다.

죽음에서 깨어나 재식을 경계하던 실험체들은 명령이 떨어지자 재식을 향해 움직였다.

그워어어.

재식은 실험체들이 괴상한 소음을 내뱉으며 접근했지만, 아직 자신이 확보한 실험체에 정신이 팔려 있었다.

꽈직!

재식은 실험체의 가슴을 공격하는 것만으로는 부족하다는 걸 깨달았는지, 손가락을 가슴에 박아 넣었다.

그러고 나서 힘을 줘 가슴을 벌려 심장을 드러나게 만들었다.

재식은 오른손을 가슴 안에 집어 넣어 심장을 꽉 움켜쥐었다.

끄아아아!

자신의 심장이 재식의 손에 뜯겨나가려 하자 실험체가 비명을 질렀다.

그러거나 말거나 재식은 손에 쥔 심장을 실험체의 가슴에서 뽑아버렸다.

마정석이 제거되자 실험체는 곧장 움직임을 멈췄다.

재식은 실험체의 몸에서 꺼낸 심장을 잠시 살피더니 바로 자신의 입으로 가져갔다.

검붉은 피가 입가에 묻는 것도 아랑곳하지 않고 심장을 크게 한입 베어물었다.

이어 맛있는 부위만 먹고 음식을 버리듯 실험실 바닥에 심장을 아무렇게나 내던져 버렸다.

그러더니 다른 먹이를 찾듯 자신을 향해 다가오는 실험체들을 바라봤다.

재식은 고개를 갸우뚱하더니 느닷없이 뒤돌아 뛰었다.

실험실 벽에 부딪치려는 순간, 재식은 벽을 타고 내달렸다.

챠콥은 그런 재식의 모습에 위험하다는 걸 본능적으로 깨달았다.

"다시 돌아와!"

실험체들의 손이 닿지 않는 높이로 벽을 달리는 재식을 발견하자마자, 챠콥은 자신을 지키기 위해 실험체들을 불러

들였다.

이미 재식에 의해 구울에 버금가는 실험체 하나가 순식간에 쓰러져 마력의 원동력인 심장을 빼앗겼다.

챠콥은 재식의 육체적 능력이 자신을 능가할 뿐만 아니라, 한 번의 공격으로 자신을 죽일 수도 있음을 알아차렸다.

아무리 자신이 4서클의 끝에 선 마법사라고 하지만, 육체적 능력은 오크보다 못한 홉고블린이었다.

최하급 몬스터인 고블린보다 덩치도 크고 마법도 사용할 수 있지만, 그건 어디까지나 고블린과 비교했을 때의 이야기였다.

막말로 고블린과 함께 최하급 몬스터로 취급되는 코볼트와 비교해도 챠콥의 육체적 힘은 그리 우월하지 않았다.

그런데 자신을 노리는 실험체는 이미 강력한 육체 능력을 가진 자였다.

기초적인 토대 위에 자신의 마력 접목 실험으로 몸속에 풍부한 마력까지 품게 됐다.

마력은 힘이었다.

몸속의 마력으로 마법을 쓰지는 못할 테니, 남아도는 마력으로 신체를 강화시켰을 게 분명했다.

게다게 놈은 자신이 만든 마력 구속구까지 파괴했다.

그건 오크 전사도 묶어둘 수 있는 물건이었다.

심지어 4서클 마법사도 자유로울 수 없다고 감히 단언할 수 있었다.

그런데 그런 구속구를 네 개나 사용했음에도 힘만으로 구속구를 망가뜨렸다.

그러니 챠콥으로서는 자신의 예상을 뛰어넘는 재식의 모습에 실험이 성공했다는 감동과 예상 밖의 일에 두려움을 느꼈다.

"다크 볼트!"

챠콥은 자신을 향해 달려오는 재식을 향해 마법을 시전했다.

재식이 빠르게 달려들어 긴 주문을 영창할 여유가 없자, 챠콥은 자신이 아는 마법들 중에서 가장 간단하며 시동어만으로 시전이 가능한 다크 볼트를 택했다.

다크 볼트는 챠콥이 흑마법사에게 가장 처음 배운 마법이었다.

다른 마법사들은 기초 마법으로 에너지 볼트를 배우지만, 흑마법사는 암흑의 마나를 느끼고 그것을 뭉쳐 날리는 다크 볼트를 익혔다.

에너지 볼트는 단순한 에너지 덩어리에 불과하기 때문에 맞으면 짜릿한 감각과 함께 잠깐 마비되는 정도였다.

하지만 흑마법인 다크 볼트는 기초 마법임에도 적중된 곳에서 상당한 위력의 폭발을 일으켰다.

다크 볼트가 에너지 볼트에 비해 강력한 이유는 아주 간단했다.

흑마법에 사용되는 기운이 암흑 마나이기 때문이었다.

마나가 밝은 생명의 기원이라면, 암흑 마나는 파괴의 속성을 지닌 난폭한 에너지였다.

챠콥은 다크 볼트로 재식의 접근을 견제하는 한편, 자신의 곁으로 실험체들을 불러들여 방벽을 쌓았다.

"크아아!"

자신의 의도가 읽히자, 재식은 달리던 것을 멈추고, 챠콥의 주위로 걸어가는 실험체들의 뒤를 공격했다.

실험체가 허무하게 망가지든 말든 자신의 안전을 확보한 챠콥은 다음 마법을 준비했다.

이번에는 시전이 빠른 다크 볼트가 아니라, 스펠을 외우는 시간이 조금 걸리는 마법이었다.

"인스네어(Ensnare)!"

3서클의 인스네어는 대상의 움직임을 방해하는 함정 마법이었다.

대상의 움직임을 방해하는 마법에는 여러 가지가 있지만, 챠콥이 배운 흑마법 중에서 그나마 쓸만한 것은 인스네어뿐이었다.

올가미에 걸리게 한다는 문자의 의미처럼 암흑 마나로 만들어진 올가미는 재식의 발목을 단단히 붙들었다.

하지만 이 강력한 마법조차 재식의 움직임을 막지 못했다.

분명 챠콥의 마법에 제대로 걸렸지만, 재식은 잠시 멈칫하는 데 그쳤다.

그런데 그 잠깐의 시간이 실험체들에겐 아주 유의미한 틈이었다.

챠콥을 에워싸는 데 급급하던 실험체들은 그 짧은 시간에 공격태세를 갖췄다.

"크릉!"

재식은 일제히 돌아선 실험체들을 마주보며 위협적으로 울부짖었지만, 감정 없는 시체는 별다른 반응을 보이지 않았다.

하지만 챠콥은 재식의 위협에 자극받아 실수를 저지르고 말았다.

"저놈을 어서 잡아!"

그어억!

챠콥이 내린 명령에 따라 실험체들이 재식에게 득달같이 달려들었다.

괴상한 괴성을 내지르며 일제히 움직이는 실험체들의 모습에 재식은 신속히 뒤로 물러났다.

방금 전 경험으로 곧장 챠콥을 노리는 건 힘들다는 걸 깨달았기 때문이다.

재식은 이중 삼중으로 가로막힌 정면을 뚫기보다는 무리에서 홀로 떨어져 나온 실험체를 노렸다.

그뿐만 아니라, 빠르게 좌측 끝에서 우측 끝으로 왕복하며 실험체 무리를 흔들었다.

그러다 보면 꼭 다른 실험체들에게 밀려 무리 밖으로 밀려나가는 개체가 나왔다.

재식은 그 기회를 놓치지 않고, 빠르게 달려들어 한 마리씩 차근차근 수를 줄여 나갔다.

"굼벵이들 같으니… 빨리 움직이란 말이야!"

챠콥은 각종 마법을 사용하면서 재식을 몰아붙이는 한편, 쉬지 않고 실험체들을 조종했다.

재식은 본능적으로 공격 마법이 위험하다는 걸 알고 귀신같이 피하는 한편, 챠콥이 쓰는 함정 마법이나 저주 마법은 그다지 효과가 없다는 걸 알아차리고 신경 쓰지 않았다.

챠콥은 실험체들이 재식을 막을 수 없을 정도로 줄어들기 전에 결판을 보고 싶었고, 재식은 실험체들의 벽을 뚫고 챠콥을 노리기 위해 쉴 새 없이 빈틈을 찾았다.

그렇게 한동안 재식과 챠콥의 팽팽한 머리싸움이 이어졌다.

이들은 서로 장군, 멍군하며 상대의 수를 읽고자 노력했다.

하지만 차츰 시간이 흐르면서 재식은 이번 싸움을 길게

가져갈수록 자신에 유리하다는 걸 깨달은 모양이었다.

이제 재식은 어떻게 하면 챠콥을 직접 공격할 수 있을까 하며 빈틈을 노리기 보다는 실험체의 가슴을 찢어발기고 심장을 꺼내 먹었다.

그런 재식의 모습에 챠콥은 고개를 갸웃거릴 수밖에 없었다.

자신의 실험이 성공한 것으로 보이는 유일한 개체인 재식이 다른 실패작들의 심장을 먹는 이유를 알지 못하기 때문이었다.

챠콥은 그 모습에 두려움을 느끼기보다는 강렬한 지적 호기심이 샘솟았다.

아무리 챠콥이 몬스터라지만, 지능이 있는 탐구자였다.

비록 어둠을 숭상하고 파괴를 목적으로 한 흑마법사이지만, 자신이 알지 못하는 현상에 대한 궁금증과 그것을 알아내기 위해 궁구하는 것은 다른 마법사들과 같았다.

*   *   *

헌터 협회 남부 지부장의 명령으로 출입이 통제된 관악산을 일단의 사람들이 걷고 있었다.

복장을 보면 한눈에 이들이 상당한 실력자 내지는 큰 헌터 길드에 소속된 실력 있는 헌터라는 걸 알 수 있었다.

다섯의 헌터는 이곳에 출입하던 하급이나 중급 헌터들과는 다른 특별한 복장을 갖춰 입었기 때문이다.

흡사 SF 영화나 히어로 무비에 나올 법한 아주 세련된 복장이었다.

더욱이 어깨와 가슴 한쪽에는 눈에 띄는 유니콘 엠블럼과 로마자 'Ⅴ'가 새겨져 있었다.

이들의 정체는 바로 각성 헌터만으로 이루어진 팀 유니콘 5전대 인원들이었다.

팀 유니콘은 파티나 공대란 표현보다는 전대란 표현을 쓰며 헌터 파티를 군대처럼 운용했다.

그런데 팀 유니콘 5전대는 아직 완편되기 전이었다.

팀 유니콘의 각 전대는 열 명으로 구성되는데, 제5전대는 아직 총원이 다섯 명에 불과했다.

즉, 아직 예비 전대에 지나지 않았다.

사실 그런 이유 때문에 반도강 과장의 지원 요청에 신속히 응할 수 있었다.

만약 반도강이 이번 일에 정규 전대의 파견을 요구했다면, 협회 본부는 심사 절차를 거치느라 미적대고 있을 게 분명했다.

그도 그럴 것이, 팀 유니콘에 들어가려면 각성해야 한다는 전제 조건을 통과해야 하는 건 물론이고, 헌터 등급이 최소 6등급 이상이어야 했다.

헌터 등급 6등급이면 레벨로는 51부터 60까지였다.

다시 말해 팀 유니콘 대원이라면, 최소 레벨이 51 이상이라는 의미였다.

게다가 팀 유니콘은 전대장은 다른 대원들보다 최소한 1등급 이상 높아야 한다는 규정이 있었다.

그렇다는 말은 비록 정규 편제의 절반에 불과한 제5전대라 하더라도, 이들의 능력이면 웬만한 6등급 레이드 몬스터도 충분히 레이드가 가능하다는 의미였다.

그러니 완편된 전대 열 명의 전투력이 얼마나 될지는 쉽게 짐작할 수 있었다.

또한 팀 유니콘의 전대 하나를 동원하는 데 얼마나 많은 예산이 투입되어야 할지도 대충 예상 가능했다.

그렇다 보니 웬만한 일에 팀 유니콘 전대가 출동하는 일은 없었다.

그런데 지금 팀 유니콘의 제5전대가 남부 지부의 일로 파견되었다.

참으로 특이한 일이 아닐 수 없었다.

"언니, 이런 일에 굳이 우리가 나서야 하는 거예요?"

정미나는 앞서 걷던 전대장인 최수연에게 질문을 던졌다.

"응, 해야지."

최수연은 전대의 막내인 정미나의 질문에 담담히 대답하며 쉬지 않고 발을 옮겼다.

하지만 자신이 각성자라는 것과 팀 유니콘 소속이라는 것에 자부심이 강한 정미나는 이번 일이 마음에 들지 않았다.

겨우 위험 분류 4등급짜리 던전에서 벌어진 헌터 실종 사건을 조사한다는 것이 격 떨어지는 일로 느껴졌기 때문이다.

"저희 아니라도 협회에 헌터들 많잖아요. 그 사람들 보내면 되는데 굳이⋯⋯."

최수연이 자신의 말에 성의 없이 대답한다고 생각한 정미나는 입술을 삐죽이며 불만을 토로했다.

"그만 좀 해라. 넌 어떻게 된 게 막내가 전대장님께 못하는 말이 없어?"

관악산에 들어서면서부터 계속해서 불만을 토로하는 정미나를 지켜보던 이하윤이 기어코 한 소리 했다.

"아니, 내가 무슨 못할 말이라도 했다고⋯⋯."

이하윤의 말에 정미나는 얼른 목소리를 줄이며 작게 투덜거렸다.

"쓰읍!"

"아니, 나 아무 말도 안 했어."

이하윤이 심기가 불편하다는 듯 인상을 찌푸리자 정미나는 얼른 자신의 입을 막으며 작게 변명했다.

그들의 뒤를 따라가던 신초롱이 빙그레 웃으며 두 사람의 대화를 지켜봤다.

"겨우 4등급 던전에서 중급 헌터는 물론이고, 그들의 실종을 조사하던 중급 파티도 실종된 상태야."

전대의 부진대장 역할을 맡은 권인하가 아직도 불만 섞인 표정을 지어 보이는 정미나에게 친절하게 설명을 들려줬다.

이미 출발 전에 상황 설명을 받았지만, 문제가 발생한 곳이 겨우 4등급 던전이라는 말에 관심을 끊어버린 정미나는 사건에 대해 귀 기울이지 않았다.

그저 자신들의 등급에 맞지 않는 일에 동원된 것이 불만스러울 뿐이었다.

자부심 강한 성격을 알기에 최수연이나 다른 대원들은 정미나의 투정을 귀엽게 듣고만 있었지만, 사고가 난 던전 인근에 접근하자 더 이상 방치할 수만은 없다고 여겼다.

"네 말대로 우리가 나서기에 적합하지 않을 수도 있어. 하지만 중요한 건 그게 아니라, 협회에서 던전의 에너지 등급을 측정해 등급을 매긴 뒤에 난 사고란 거야."

권인하는 차근차근 이해하기 쉽게 이번 일에 대해 설명했다.

헌터 협회에서 던전의 위험 분류를 확정했는데, 적정 레벨 이상의 파티가 흔적도 없이 사라져 버렸다.

남부 지부는 처음에는 그저 단순한 일이라 여기고, 던전의 등급보다 높은 레벨의 파티를 꾸려 조사원으로 보냈다.

하지만 그들마저 실종된 상황에서 이를 방치할 경우, 헌터 협회의 위신이 크게 떨어질 터였다.

만약 이 소식이 외부에 알려지기라도 한다면, 그동안 통제하던 헌터 길드나 프리랜서 헌터들로부터 많은 불만이 제기될 것이 빤했다.

그걸 해결하기 위해 헌터 협회는 많은 걸 양보할 수밖에 없을 것이다.

지금도 대형 길드는 국가 기관이라 할 수 있는 헌터 협회의 영향력에서 벗어나기 위해 기를 쓰고 있었다.

그런데 협회에서 행한 던전의 등급 측정이 올바르지 못했고, 이로 인한 문제가 발생했다는 것이 알려지면 건수를 잡은 헌터 길드는 협회의 통제를 벗어날 구실로 삼을 터였다.

그러니 협회의 입장에선 이번 문제를 최대한 빠르고 조용하게 해결한 뒤, 원인을 찾아야만 했다.

"아, 그런 거야?"

권인하의 설명을 모두 들은 정미나는 그제야 무슨 이유로 자신들이 4등급 던전에 파견되었는지 이해했다.

"그럼 우리가 가는 던전이 어쩌면 블라인드일 수도 있다는 말이에요?"

정미나가 눈을 깜박이며 다시 질문을 던졌다.

블라인드 던전이란 것은 이름 그대로 정보가 가려진 던전을 말했다.

보통 던전은 그 던전을 포함한 차원 게이트가 가지고 있는 에너지 측정을 통해 등급이 매겨진다.

차원 게이트의 에너지 측정값이 1등급이면, 게이트에 속한 던전도 1등급으로 책정됐다.

이는 던전 내부에 서식하는 몬스터의 총 에너지 값이 그 정도란 소리였다.

물론, 아직까지 1등급 던전이 발견된 적은 없었고, 최소 2등급 이상만 등장했다.

이는 발견된 몬스터 중 최하급인 고블린의 위험 분류가 1등급인데, 1등급 던전이면 고블린이 한 마리만 존재하는 던전이란 뜻이기 때문이었다.

물론, 그렇다고 2등급 던전에 고블린 두 마리만 들어 있다는 건 아니었다.

2등급부터는 고블린이 무리로 존재하고, 3등급 던전은 더욱 큰 무리나 2등급 몬스터 무리가 있는 식이었다.

그런데 간혹 에너지 값이 낮게 측정되었음에도 불구하고 그보다 높은 등급의 몬스터가 출현하는 경우도 존재했다.

분명 에너지 측정기는 4등급 던전으로 확인됐는데, 실제로는 5등급 보스가 등장한 적 있었다.

세계 헌터 협회는 이러한 현상을 던전 내부의 어떤 물질에 의해 정확한 에너지 측정이 이루어지지 않는 것이라 추측했다.

그리고 이런 던전을 블라인드 던전이라 불렀다.

블라인드 던전은 측정값 이상의 몬스터가 나오기도 하지만, 때로는 아주 희귀한 특수 광물이나 특별한 힘을 가진 아티팩트가 발견되기도 했다.

그렇기 때문에 헌터 협회에서는 블라인드 던전을 각별히 신경 썼다.

일반적인 고위험 등급의 던전보다 더 돈이 되는 경우가 많기 때문이었다.

사실 남부 지부장인 이해룡이 헌터 본부에 지원 요청한 것에 크게 화를 낸 게 이런 이유 때문이었다.

자신의 인사 고과 문제도 걸려 있지만, 블라인드 던전일 확률이 높아졌기 때문에 자신이 얻을 수 있는 이익이 줄어들 것을 걱정하기도 했다.

하지만 반도강의 입장에선 어떻게든 실종된 헌터의 안전이 최우선이었다.

이번에 실종된 헌터가 협회 소속인 것은 아니지만, 반도강은 모든 헌터들이 대한민국의 국력이라 생각했다.

반도강은 자신이 할 수 있는 일이라면, 뭐든 해서라도 인재들을 지키고 싶었다.

그래서 중급 헌터로 구성된 파티가 실종됐다는 보고가 들어오자마자 바로 협회 본부에 지원을 요청했다.

다행히 협회 본부도 반도강의 지원 요청을 받고, 문제가 있다는 걸 알아차리고 각성자로 이루어진 팀 유니콘의 전대를 보내왔다.

다만, 아직 확실하지 않은 문제에 정규 전대를 보내기엔 부담스럽다는 이유로 본부에서 대기하던 예비대 성격의 제5전대를 파견한 것이었다.

"준비해."

이야기하며 걷다보니 어느새 이들은 이번에 발견된 미발견 게이트 앞에 도착했다.

권인하는 진입에 앞서 간이 측정기로 다시 한 번 게이트의 에너지 등급을 측정해 봤다.

측정 결과는 역시나 보고서에서 본 대로 4등급이었다.

"역시……."

최수연은 권인하가 측정한 에너지 값을 보고는 고개를 끄덕였다.

그러고 나서 대원들을 돌아보며 말했다.

"내가 먼저 들어간다. 차례대로 들어와."

이미 던전 탐사에 대한 훈련과 실전을 수없이 겪었기에, 다른 말을 필요하지 않았다.

"알겠습니다."

최수연은 대답하는 부하들의 얼굴을 한차례 쳐다보고는 바로 게이트 너머로 향했다.

전대장인 최수연이 게이트 안으로 먼저 들어가자, 권인하 부전대장이 잠시 틈을 두고 제5전대의 넘버 3인 신초롱에게 입장하란 지시를 내렸다.

그다음으로는 이하윤이, 막내 정미나가 차례로 게이트를 넘었다.

그리고 마지막으로 권인하가 게이트로 들어섰다.

챠콥은 한창 날뛰는 재식을 제압하기 위해 실험체들을 조종하고, 마법을 사용했다.

삐잉! 삐잉!

그때, 느닷없이 울리는 신호에 깜짝 놀라고 말았다.

그 소리는 던전에 침입자가 들어오는 것을 알리는 알람 마법이기 때문이었다.

"호, 인간이 또 들어온 건가?"

이전이라면 또 다른 실험체가 자신의 던전에 들어온 것에 기뻐했을 테지만, 이미 실험을 성공했기에 새로운 재료가 절실하지 않았다.

오히려 앞에서 날뛰는 실험체를 붙잡아 발작의 원인을 찾는 것이 급했다.

하지만 그렇다고 침입자를 방치할 수도 없는 노릇이었다.

침입자들 중에는 눈앞에 있는 실험체처럼 강력한 존재들이 더 있을 수도 있기 때문이었다.

처음 던전에 침입한 인간들 중에도 강한 인간이 섞여 있기야 했지만, 그들은 부하들의 수에 압도당하고 말았다.

반면 앞에 있는 실험체와 함께 들어온 인간들은 수는 적어도 아주 강했다.

많은 숫자의 부하들을 이용하고, 자신의 공간 왜곡 마법을 이용해 장시간에 걸쳐 힘을 빼지 않았다면 자칫 놓쳤을지도 모를 일이었다.

특히 고블린의 마비독이 통하지 않는 재식을 마법으로 재우지 않았다면 분명 놓치고 말았을 것이다.

삐잉! 삐잉!

계속해서 울리는 알람 마법의 경고음에 챠콥은 인상을 찌푸렸다.

더 이상 생각만 하고 있을 짬은 없었다.

시간이 갈수록 경고음은 더욱 짧고 날카롭게 울리고 있었다.

이는 침입자들이 빠른 속도로 던전 깊숙이 들어오고 있다는 의미였다.

"안 되겠다. 너희는 저놈을 붙잡아 둬라!"

새로운 침입자들을 먼저 처리하자 마음먹은 챠콥은 실험체들에게 재식을 붙잡으란 명령을 내린 뒤, 서둘러 실험실을 빠져나갔다.

실험실 안을 이리저리 돌아다니며 실험체들의 수를 줄이던 재식은 요란한 소음이 들리고 고블린이 실험실 밖으로 나가는 걸 눈여겨봤다.

그그궁.

쿵!

챠콥이 나가자 실험실 문이 닫혔다.

챠콥과 멀리 떨어져 있기에 재식은 놈이 나가는 것을 그냥 지켜볼 수밖에 없었다.

게다가 챠콥이 나가자 그를 지키던 실험체들까지 재식을 쫓는 무리에 합류했다.

재식은 자신을 쫓는 실험체가 늘었지만, 이따금 자신의 움직임을 방해하던 챠콥이 사라지자 오히려 운신이 편해졌다는 것을 깨달았다.

"크앙!"

재식은 호기롭게 소리를 내지르며 조금 전보다 더 빠르게 움직였다.

실험체들이 좀비보다 빠르다고 하지만, 살아 있을 때의 움직임나 판단력을 기대할 수는 없었다.

재식이 순식간에 실험체 무리 사이를 파고들어 사방으로 공격을 내뻗었다.

챠콥의 방해를 받지 않는 재식은 하이에나 무리에 뛰어든 용맹한 사자처럼 보였다.

쾅!

꽈직!

게다가 재식은 마력 폭주로 인해 이성을 잃었지만, 헌터로서 몬스터를 사냥하던 방법까지 잊어버린 것은 아니었다.

아니, 오히려 이성을 잃다 보니 헌터의 본능이 더욱 살아나 실험체들을 손쉽게 사냥했다.

그와 반대로 전에는 헌터였지만 실험 실패로 죽었다가 마법으로 일어난 언데드 실험체들은 자율적인 판단력이 완전히 상실됐기에 단순한 움직임을 보일 뿐이었다.

마치, 미리 설정된 일정한 패턴에 따라 일련의 움직임을 계속해서 반복하는 기계와 비슷했다.

만약 챠콥이 이 자리에 계속 남아 있었다면 상황에 따라 다른 명령을 내렸겠지만, 지금은 부재중이었다.

실험체들은 변화무쌍하게 날뛰는 재식의 움직임에 속수무책으로 당할 수밖에 없었다.

퍽!

꽈직!

그렇게 실험체들은 챠콥의 명령대로 재식을 붙잡기는커녕, 오히려 재식의 사냥감이 되어 하나둘 쓰러졌다.

그렇게 쓰러진 실험체는 가슴이 갈리고 심장이 뽑혀 재식의 한입 먹이로 전락하고 말았다.

5. 팀 유나콘의 제5전대

던전 안에 울리는 커다란 폭발과 진동, 그리고 그 속에 섞인 고블린의 비명 소리가 한데 어울려 현세의 지옥을 연상케 만들었다.

그런데 그 지옥을 만든 장본인은 뜻밖에도 20대 초반의 귀여운 여인이었다.

"에어 버스터!"

쾅!

정미나는 마치 원수라도 만난 듯 고블린이 보이기만 하면 자신의 각성기를 시전했다.

바람 속성을 각성한 그녀의 각성기는 굉장히 응용력이 뛰어났는데, 특히 이런 던전과 같은 좁은 지역에서 그 효용이 탁월했다.

하지만 그와 반대로 정미나가 속한 제5전대원 중 한 명인 권인하의 경우엔 강력한 각성기를 가지고 있지만 던전 내의 전투는 약간 소극적으로 임했다.

그 이유는 권인하가 각성한 속성이 불이기 때문이었다.

불은 예로부터 힘의 상징으로 전승돼 왔고, 실제로도 자연계에서 번개 다음으로 강력한 힘이었다.

모든 것을 태워 재로 만들어버리는 무시무시한 힘이지만, 지금처럼 좁은 던전에서는 그 강력함이 오히려 사용자와 동료들의 안전을 위협하는 부메랑이 되어 돌아오기에 정미나처럼 함부로 날뛰다가는 큰 낭패를 볼 수 있었다.

그 때문에 권인하는 차분하게 자신의 주변에 접근한 고블린을 한 마리씩 상대했다.

솔직히 최하급 몬스터인 고블린을 죽이는 데 권인하까지 나설 것도 없었다.

정미나 혼자서도 충분히 처리가 가능할 정도로 고블린은 이들의 상대가 되지 못했다.

그래서 던전에 들어온 뒤로 시간이 한참 흘렀지만, 전투에 나선 이는 정미나와 권인하뿐이었다.

전대장인 최수연은 전대의 중간에서 정미나가 날뛰는 것을 지켜보며 전대의 진행 방향을 지시했다.

이하윤이나 신초롱의 경우, 정미나가 놓친 고블린을 이따금 저승길로 보내줬지만, 그마저도 부전대장인 권인하가 도맡는 바람에 주변을 경계하는 게 주 임무였다.

사실 정미나 말고도 이하윤의 얼음 속성 또한 밀폐된 던전에서의 효율이 괜찮았지만, 다수와의 전투에 좋은 속성은 아니었다.

얼음 속성은 약한 다수의 적을 상대하기보단 강력한 몬스터 한 마리와 싸울 때 더욱 빛을 발하는 속성이었다.

물론, 지금 상황에서도 그녀가 힘을 쓴다면 운 좋게 정미나의 공격을 피한 고블린이더라도 전대의 근처에 도달하지 못하고 죽을 터였다.

하지만 이하윤이 나서지 않는 건 효율의 문제였다.

이곳은 일반적인 고블린 던전이 아닌, 미지의 무언가 숨은 블라인드 던전이었다.

눈앞의 고블린이 전부라면, 전원이 중급 헌터로 구성된 조사팀이 실종될 리가 없었다.

분명 뭔가 위험이 도사리고 있을 게 뻔한데, 아직은 그게 무엇인지 알 수 없었다.

그렇기 때문에 힘을 아껴두는 게 최선이었다.

그리고 신초롱의 경우, 그녀가 각성한 속성의 특징 때문에 전투에 참여하지 않았다.

자연계 속성을 각성한 다른 사람들과 다르게, 그녀는 보다 상위의 속성인 신성력을 보유한 헌터였다.

상처를 치유하고 부정한 것을 태워 버리는 데 특화되다 보니, 고블린을 상대하는 건 효율이 좋지 못했다.

게다가 고작 고블린을 상대하며 부상을 입을 대원은 없을 테니, 신초롱이 활약할 여지는 더욱 줄어들었다.

만에 하나라도 언데드가 등장한다면 이야기가 달라지지만, 그다지 가능성 없어 보이는 일이었다.

그도 그럴 것이, 아무리 몬스터라지만 고블린도 생명체였다.

언데드는 본능적으로 살아 있는 생명체를 공격하는데, 어떤 강력한 존재가 언데드를 통제하지 않은 이상 고블린 무리와 양립할 수 없었다.

하지만 당장 활약할 만한 상황이 아니더라도 신초롱의 능력은 실종 헌터 수색에서 아주 중요했다.

만에 하나라도 실종자들이 부상을 당한 채 살아 있거나, 실종의 원인이 강한 몬스터 때문이라면 그녀의 치유 능력이 필수적이기 때문이었다.

"짜증 나! 도대체 얼마나 대단한 던전이기에 쉬지도 않고 고블린이 쏟아져 나오는 거야?"

고블린을 학살하던 정미나는 자신을 귀찮게 만드는 고블린을 바라보며 이를 바득바득 갈았다.

"언젠가 끝이 나겠지. 조금만 더 참아."

권인하는 정미나의 어깨를 토닥이며 진정시켰다.

이렇듯 헌터 협회의 직할 헌터 팀 유니콘의 제5전대는 각자 맡은 역할을 충실히 수행하며 던전 깊숙한 곳으로 향했다.

*   *   *

침입자를 막기 위해 재식을 제압하는 걸 미룬 챠콥은 던전 곳곳에 설치한 위저드 아이(Wizard Eye) 마법으로 침입자의 위치를 파악했다.

빠르게 걸음을 옮기던 챠콥은 마침내 침입자의 위치를 확인하고 우뚝 멈춰 섰다.

그러고 나서 마법에 집중해 침입자들을 꼼꼼히 살폈다.

그러자 침입자들이 자신의 부하들과 전투를 벌이는 광경이 선명하게 보였다.

"헉!"

그런데 챠콥의 눈에 비친 것은 전투가 아니라 일방적인 학살이었다.

이전 침입자들도 강했지만, 이번 침입자들은 정말 비교가 불가능할 정도로 강력했다.

겉으로 보이는 외모는 무척이나 비실비실한 인간 암컷에 불과하지만, 그녀들의 몸에서 뿜어지는 기세는 결코 만만하지 않게 보였다.

'호… 다른 자들도 위험하지만, 맨 앞에서 날뛰는 암컷의 능력은 나와 버금갈 정도로군.'

선두에 서서 마음껏 활약하는 정미나의 모습을 유심히 살핀 챠콥은 그녀가 4서클 흑마법사인 자신에 비해 약하지 않다는 판단을 내렸다.

물론, 비슷한 경지라도 직접 겨뤄봐야 누가 더 우위인지 알 수 있을 것이다.

하지만 챠콥은 혼자였고, 그녀는 다른 동료와 함께였다.

챠콥은 상황이 좋지 않다는 걸 알아차리고 인상을 잔뜩 구겼다.

인간들은 절대 강자가 약자 앞에서 힘을 과시하지 않았다.

물론 몇몇 예외적인 상황이 있지만, 혼자 날뛰는 암컷은 그런 예외의 경우는 아닌 것으로 보였다.

분명 뒤에 서 있는 암컷들 중 하나가 명령을 내렸을 게 틀림없었다.

위저드 아이를 조작해 권인하에게 초점을 맞춘 챠콥이 마른침을 꿀꺽 삼켰다.

자세히 보니, 부하들을 학살하는 정미나보다 그녀가 놓친 고블린을 차분하게 처리하는 권인하가 더욱 위험한 존재처럼 느껴졌다.

양손에 불꽃을 올려둔 채 절제된 움직임으로 고블린을 처리하는 모습은, 뜨거운 불을 다루면서도 차가운 얼음과 같은 이성을 가진 것으로 보여 챠콥을 더욱 불안하게 만들었다.

'내가 가봐야 오히려 위험할 수도 있겠어.'

챠콥은 빠르게 머리를 굴렸다.

부하들이 속수무책으로 죽어 나가는 상황이라, 자신이 합류해 봐야 형세를 역전할 수는 없을 게 분명했다.

챠콥은 일단 실험실로 다시 돌아가는 게 좋겠다는 결정을 내렸다.

'5서클을 달성하고, 그 힘을 실험하는 데 써먹어주마.'

챠콥은 현재 4서클 흑마법을 마스터한 자신이라도 침입자들에게 별다른 위협이 되지 않으리라 판단했다.

하지만 실험실에 있는 실험체를 제압해 폭주의 비밀을 밝혀낸다면, 자신의 마법 경지가 한 단계 더 올라가면 얘기가 달라진다.

게다가 실패작이지만, 실험체들을 동원하면 침입자를 막아내는 것이 조금 더 수월할 터였다.

"진실의 왜곡, 혼돈의 공간, 끊이지 않는 길, 스페이스 월(Space Wall)!"

챠콥은 던전 안에 미리 설치해 둔 마법진에 마력을 불어넣어 공간 왜곡 마법을 시전했다.

챠콥의 마력을 받은 마법진은 던전의 일부 지역을 왜곡해 하나의 고리를 만들었다.

사실 챠콥이 시전한 공간 왜곡 마법은 그리 수준이 높지 않았다.

하지만 지구에서는 겨우 4서클 마법사인 챠콥의 공간 왜곡 마법이라도 아주 뛰어난 효과를 발휘했다.

그도 그럴 것이, 지구에는 마법이란 학문이 존재하지 않기 때문이었다.

그저 신화나 소설 등의 상상 속에서만 존재하는 것으로 치부되며 과학적으로 증명되지 않았다.

그리고 아직 확신할 수는 없지만, 챠콥은 어렴풋이 어떤 사실을 깨닫고 있었다.

이전에 침입한 반쪽짜리 라이칸스로프들도 그랬고, 지금 위저드 아이 마법으로 보고 있는 인간 암컷들 역시도 마법을 모르는 인간들로 보였다.

그녀들의 능력이 마법과 흡사한 일면이 있지만, 엄밀히 말해 마법과는 궤가 다르기 때문이었다.

그렇다면 이 공간 왜곡 마법은 깰 수 없을 게 분명했다.

마법을 깨는 방법은 여러 가지가 있는데, 대표적인 정공법은 시전자보다 더 높은 경지의 마법사가 마법을 취소하거나 마법에 사용된 마나보다 더 많은 마나를 내뿜어 과부하를 걸어 붕괴시키는 것이었다.

이론적이기야 하지만, 시전된 마법을 물리적으로 파괴도 가능했다.

사실 마지막 방법은 챠콥이 생각하기엔 절대 불가능한 일이었다.

그도 그럴 것이, 마법이 가진 이상의 물리력이라는 게 그의 작은 머리로 이해하기 힘들기 때문이었다.

아니, 마법에 영향을 줄 정도의 물리력은 이미 물리라고 부를 수 없는 게 옳았다.

물리력은 마법을 상대하기에는 너무 비효율적이었다.

챠콥은 자신의 공간 왜곡 마법이 어느 정도 시간을 벌어 줄 것이라 예상하며 서둘러 연구실로 돌아갔다.

덜컹!

자신의 실험실로 돌아온 챠콥은 문을 열고 안으로 들어서다 깜짝 놀라고 말았다.

자신이 침입자를 막기 위해 실험실을 나선 건 불과 10분 정도였다.

잠깐 자리를 비웠을 뿐인데, 자신이 일으킨 실험체는 이제 세 구밖에 남지 않은 상황이었다.

아무리 지능이 없는 시체라지만, 실험체들은 구울에 가까운 신체 능력과 전투력을 가지고 있었다.

그런 실험체가 불과 10분 만에 전멸에 가깝게 파괴되고 말았다.

그 순간, 남은 실험체들 중 하나가 추가로 재식에게 당해 심장을 빼앗겼다.

"안 돼!"

챠콥이 안타까운 비명을 내질렀지만, 재식은 그러거나 말거나 손에 들린 심장을 한입 베어 먹었다.

씨익.

재식은 이성을 잃은 상태지만, 본능적으로 챠콥이 더 이상 자신을 위협할 수 있는 존재가 아니라는 걸 깨닫고 미소 지어 보였다.

"이이익! 대상을 꿰뚫는 어둠의 화살, 다크 애로우(Dark Arrow)!"

챠콥은 자신을 비웃는 재식을 보고며 불같이 화를 내며 3서클 흑마법 다크 애로우를 시전했다.

원소 마법에서 가장 대표적인 3서클 마법이 파이어 볼이라면, 흑마법에서 그에 비견 되는 마법이 바로 다크 애로우였다.

그러다 보니 흑마법사들은 다크 애로우를 가장 많이 사용했고, 그건 챠콥 또한 마찬가지였다.

3서클 마법이라 스펠을 외워야 하는 불편함이 있지만, 너무 익숙한 주문이다 보니 챠콥은 스펠을 짧게 압축시켜 읊었다.

다른 3서클 마법을 시전하는 시간에 비하면 정말 빠른

속도였다.

챠콥은 다크 애로우라면 자신을 비웃는 듯한 재식에게 충분히 치명상을 입힐 수 있을 것이라 확신했다.

하지만 챠콥의 예상은 크게 빗나가고 말았다.

다크 애로우 마법은 타깃 지정 마법이라, 일단 시전이 되면 빠르게 목표를 향해 날아가 명중한다.

챠콥은 절대 빗나가지 않으리라 믿어 의심치 않았다.

그러나 재식은 아주 간단한 동작만으로 시커먼 화살을 회피했다.

재식은 자신을 붙잡기 위해 달려드는 실험체와 간격도 벌릴 겸 옆으로 빠르게 몸을 굴렸다.

아무리 타깃 지정 마법이라도 짧은 거리에서 바로 방향이 전환되는 것은 아니기 때문에 가능한 일이었다.

하지만 재식을 지나친 검은 화살은 크게 궤적을 꺾어 다시 돌아왔다.

재식은 등 뒤에서 위협이 느껴지자 바닥을 박차고 뛰어올랐다.

몸을 둥글게 말아 재주넘은 재식은 자신이 서 있던 자리를 빠르게 지나치는 화살을 볼 수 있었다.

화살이 자신을 쫓아온다는 걸 알아차린 재식은 낮게 울부짖었다.

그러다 어기적거리며 걸어오는 마지막 남은 실험체가 눈

에 들어왔다.

재식은 다크 애로우가 다시 자신을 향해 방향을 틀자, 빠르게 실험체에게 달려가 멱살을 움켜쥐었다.

그리고 나서 다크 애로우가 날아오는 방향을 향해 냅다 집어 던졌다.

콰앙!

다크 애로우와 부딪친 실험체가 폭발하며 사방으로 살점을 흩뿌렸다.

챠콥의 공격을 성공적으로 막아낸 재식은 하얀 이를 들어내 보이며 미소 지었다.

그러나 챠콥은 더욱 분노하며 이를 바득바득 갈았다.

재식에게 큰 피해를 입히는 걸 감수하고 사용한 마법이었으나, 오히려 재식을 도와준 꼴이 되고 말았다.

"키아악!"

지성이라는 게 생긴 이후로 단 한 번도 내뱉은 적 없는 본능적인 울부짖음이 챠콥의 입에서 튀어나왔다.

마법사는 무슨 일이 있더라도 끝까지 냉철한 이성을 유지해야 하지만, 챠콥은 그럴 수가 없었다.

그러자 챠콥의 몸에 쌓인 암흑 마나는 주인의 감정에 편승해 날뛰기 시작했다.

이는 흑마법사의 특징이라고 할 수 있는 부분이었다.

암흑 마나의 폭주는 흑마법사의 판단력을 갉아먹지만, 마법의 위력을 더욱 증폭시켰다.

그러니 이 현상을 꼭 나쁘다고 말할 수는 없었다.

'아깝지만… 살려서 잡자 생각하면, 내가 위험할 수도 있어.'

자신의 명령을 따르던 실험체들이 재식에 의해 쓰러지자 챠콥은 다급해졌다.

게다가 어찌 된 일인지, 재식은 쓰러뜨린 실험체들의 심장을 탈취해 먹을수록 강해졌다.

이제 남은 실험체는 단 하나뿐이었다.

마지막으로 남은 실험체는 2단계까지 실험에 성공한 것이라, 다른 실험체에 비해 조금 더 빠르고 강하기 때문에 재식의 공격에도 파괴되지 않을 수 있었다.

하지만 챠콥은 마지막 하나 남은 실험체가 망가지기 전에 재식을 처리하고 싶었다.

마법사인 챠콥이 육체적 능력이 뛰어난 재식을 홀로 상대하는 건 불리하기 때문이었다.

'호, 애초에 사로잡을 생각만 하지 않았어도 이렇게 궁지에 몰리진 않았을 텐데……'

비록 실패한 실험체들이지만, 구울에 버금가는 실험체라 재식을 충분히 생포할 수 있을 것이라 기대했다.

그도 그럴 것이, 실험하기 전의 재식은 이전 실험체들에 비해 그다지 강하지 않았기 때문이다.

챠콥은 실험 성공으로 재식이 강해져 봐야 죽은 실험체과 비슷한 정도라 판단했다.

하지만 챠콥도 예상하지 못한 엄청난 변수가 있었다.

그건 바로 재식이 받은 유전자 변형 시술이었다.

챠콥만큼이나 미친 과학자에게 생체 실험당하며 재식이 시술받은 건 카피캣과 메탈 슬라임의 유전자였다.

때문에 재식의 신체는 항상 엄청난 에너지를 원했다.

이는 몬스터 유전자를 이용한 시술의 부작용이라 어쩔 수가 없었다.

그런데 챠콥의 마력 접목 실험이 재식의 만성적인 에너지 부족과 맞물리며 엄청난 시너지 효과를 일으켰다.

비록 그 과정에서 마정석의 난폭한 에너지로 인해 이성이 날아가 버렸지만, 고삐 풀린 마력은 재식의 몸속에 잠든 몬스터 유전자를 깨웠다.

그뿐만 아니라, 재식은 폭주하면서 본능적으로 자신에게 부족한 것이 무엇인지 깨닫고 죽은 실험체들의 심장을 먹었다.

그것을 소화해 자신의 힘으로 만든 재식은 점점 하나의 완벽한 존재로 거듭나는 중이었다.

그러나 이러한 사실을 모르는 챠콥은 아직까지도 재식을 저급한 존재라 여겼다.

비록 남은 실험체는 하나뿐이지만, 자신이 전력을 다하면 재식을 죽이는 건 어렵지 않으리라 판단했다.

"바인드(Bind)!"

2서클 흑마법인 바인드는 저단계 마법이지만, 상대를 묶는 데 참으로 유용한 마법이었다.

마법이 시전되자 챠콥의 손에서 검은 연기가 피어나 밧줄의 형태를 띤 채 재식을 향해 날아갔다.

마침 실험체의 공격을 피해 몸을 날리던 재식의 발목에 챠콥이 날린 바인드 마법이 적중했다.

쿵!

재식의 발목에 달라붙은 검은 밧줄은 곧장 바닥에 연결되며 재식을 붙잡았다.

한쪽 발이 묶인 재식은 어깨부터 땅에 떨어지며 큰 충격을 받았다.

"끼아!"

그 틈에 재식을 쫓던 실험체가 괴성을 내지르며 달려왔다.

"크와앙!"

실험체가 자신을 덮치자 쓰러진 재식은 인상을 잔뜩 찌푸린 채 포효했다.

그러더니 양팔과 자유로운 오른발을 이용해 실험체를 들어올려 멀리 던져 버렸다.

그리고 나서 바로 몸을 세우고 일어났다.

"크으악!"

재식이 악쓰며 자신의 발목을 붙잡은 밧줄에서 발을 꺼내기 위해 힘을 줬다.

꽈득!

그 과정에서 재식의 왼쪽 발이 이상하게 뒤틀렸다.

마치 뜨거운 열기에 녹은 엿가락처럼 비틀리고 늘어지는 것처럼 보였다.

하지만 재식은 그런 것에 고통을 느끼지 못한다는 듯 행동을 멈추지 않았다.

그렇게 다시 자유로워진 재식은 왼발을 절뚝거리며 챠콥을 향해 달렸다.

"헉!"

챠콥은 너무 기괴한 재식의 행동에 깜짝 놀라서 멍하니 서 있다가 퍼뜩 정신을 차렸다.

인간이라면 절대로 저런 모습을 보일 수가 없었다.

비록 2서클의 마법이라지만, 바인드 마법을 힘으로 뜯어내는 게 말이 안 됐다.

게다가 발이 기괴하게 뒤틀리는 것도 아랑곳하지 않고 비명을 지르지도 않았다.

오로지 상대를 죽이겠다는 듯 붉어진 눈으로 달려드는 걸 인간이라고 부를 수 있을 리가 없었다.

챠콥은 지금까지 단 한 번도 느껴보지 못한 당혹감에 두려운 표정을 지어 보이며, 주춤주춤 뒷걸음질쳤다.

"크아앙!"

"다크 실드(Dark Shield)!"

챠콥은 당황하는 바람에 스펠을 무시하고 다급하게 마법을 시전했지만, 익숙한 마법인 덕분에 시의적절하게 마법을 완성할 수 있었다.

쿵!

재식은 챠콥을 공격하려다 검은 방패에 부딪치고 말았다.

하지만 재식은 이에 굴하지 않고 양손을 머리 위로 들어 올리더니 강하게 방패를 두들겼다.

쿵! 쿵쿵! 쿵!

쉴 없이 방패를 내리치던 재식의 손에 검붉은 아지랑이가 피어올랐다.

그러자 3서클 방어 마법인 다크 실드는 재식의 무지막지한 공격을 견디지 못하고 조금씩 금이 가며 깨질 조짐을 보였다.

*   *   *

던전 안에 느닷없이 번개가 번쩍였다.

이는 팀 유니콘의 제5전대를 이끄는 최수연의 각성기였다.

실종된 헌터들을 찾기 위해 던전에 들어온 제5전대는 어느 순간, 자신들이 같은 장소를 계속해서 맴돈다는 걸 깨달았다.

그리고 간간이 보이던 고블린들이 수도꼭지 밸브를 활짝 열어젖힌 듯 계속해서 쏟아져 나왔다.

그러자 고블린을 정리하던 정미나와 권인하의 손이 빨라졌다.

하지만 그 둘만으로는 쉬지 않고 밀려드는 고블린을 감당할 수 없는 지경에 이르렀다.

결국, 대기하던 다른 이들이 나서서 손을 보텔 수 밖에 없었다.

아무리 두 사람이 6등급 헌터이고, 대상이 최하급 몬스터인 고블린이라지만 한정된 공간에서 쏟아지는 고블린을 두 사람이 전부 감당하는 것은 어불성설이었다.

특히나 좁은 공간에서 불은 자칫 폭발의 위험이 있었다.

바로 분진폭발 때문이었다.

주로 탄광에서 목격할 수 있는 현상인데, 석탄 먼지들에 불이 붙어 연속 폭발을 일으키는 것이었다.

던전이 탄광은 아니지만 먼지는 존재했다.

그러다 보니 지금처럼 몬스터들이 많이 나타났을 때는 먼지가 던전 안에 가득해졌다.

권인하는 던전 안에서 분진폭발이 일어날 수 있다는 걸

알다 보니 처음보다 더욱 소극적으로 고블린을 상대할 수밖에 없었다.

신초롱의 경우, 신성 속성 각성자이다 보니 공격 스킬이 거의 없었다.

그나마 가지고 있는 공격 스킬도 고블린 같은 몬스터에게는 거의 효과가 없어서 동료들의 서포트만 담당하는 처지였다.

그러다 보니 손을 보텔 수 있는 사람은 전대장인 최수연과 얼음 속성의 각성자인 이하윤뿐이었다.

하지만 두 사람이 나서도 상황은 나아지지 않았다.

막내인 정미나가 던전에 들어온 뒤로 지금까지 계속해서 고블린을 상대로 이능을 시전해 싸웠기에 많이 지친 상태였다.

이능이라 하더라도 무한대로 쓸 수 있는 게 아니었다.

정미나가 보유한 에너지를 바탕으로 시전되는 것이기에 한계가 있을 수밖에 없었다.

그나마 전대장인 최수연이 다수를 상대하는 데 유리한 번개 속성 각성자라 버틸 수 있었다.

아무래도 대인 공격에 특화된 얼음 속성 각성자인 이하윤은 큰 도움이 되지 못했다.

그런데 지금 고블린의 수량이 그 한계를 넘어 쏟아지고 있으니 대인 공격에 특화된 얼음 속성의 이하윤보단 전대장인 최수연이 능력 발휘를 하는 것이다.

끼아악!

최수연의 능력은 자연계 이능 중 가장 강력한 힘을 가진 만큼 탁월한 성과를 만들어 냈다.

더욱이 지금처럼 밀집된 형태로 달려드는 고블린을 상대하기엔 최적이었다.

밀물처럼 달려드는 고블린은 줄기줄기 뻗어 나가는 번개 앞에 무력하기 그지없었다.

끼아악!

최수연의 번개에 적중당한 고블린들은 수만 볼트의 전류에 바짝 구워져 쓰러졌고, 가까이서 스쳤을 뿐이더라도 감전돼 몸이 마비되고 말았다.

"얼마 남지 않았어. 다들 힘내!"

"알겠어요."

"알았어, 언니!"

최수연의 격려에 다른 대원들이 대답하며 전의를 다졌다.

다시 어느 정도 시간이 흐르자, 꾸역꾸역 몰려들던 고블린의 수도 눈에 띄게 뜸해졌다.

아무리 집단생활을 하는 고블린이지만, 던전의 크기와 측정된 던전 등급 이상의 고블린이 존재할 리가 없었다.

지금까지 여러 헌터들에게 많은 고블린이 죽어 나갔고, 실종된 헌터를 찾기 위해 던전에 들어온 재식의 파티도 많은 수를 상대하며 수를 줄여뒀다.

거기에 팀 유니콘의 제5전대에 의해 쓸려나가다시피 했으니, 이제는 줄어들 때도 되었다.

주변에 더 이상 살아 있는 고블린이 보이지 않자, 제5전대 대원들은 그 자리에 주저앉아 가쁜 숨을 몰아쉬었다.

"하아, 힘들어."

"휴우, 이게 고블린도 이렇게 수가 많으면 꽤 힘드네… 정말 오랜만에 불태웠어."

이하윤과 정미나가 이마에 맺힌 땀을 훔쳐 내며 한마디 했다.

"이 정도 규모면 고블린을 지휘하는 족장이나 제사장이 있을 법도 한데, 보이지가 않네요."

부전대장인 권인하는 최수연에게 질문을 던졌다.

"아!"

최수연은 권인하의 물음에 탄성을 지르며 고개를 번쩍 들었다.

하도 많은 수의 고블린이 밀려들어 정신없이 싸우다 보니 그 중요한 걸 놓치고 있었다.

"인하 씨, 정말 족장이나 제사장은 보이지 않았나요?"

"네. 전부 일반 고블린이나 전사뿐이었습니다."

권인하는 속성 때문에 적극적으로 전투에 임하지 못했지만, 주변 상황을 예의주시했다.

분명 고블린 무리 속에는 그들을 지휘하던 족장이나, 제사장은 보이지 않았다.

"그럼 아직 고블린들이 더 남아 있다는 소린데……."

최수연은 말끝을 흐리며 미간을 좁혔다.

제사장이라면 남은 고블린은 많아 봐야 40마리 내외일 터였다.

하지만 고블린 족장의 경우, 얼마나 더 많은 고블린이 남아 있을지 예측할 수가 없었다.

최악의 경우, 지금까지 상대한 고블린 무리보다 더 많은 수를 상대해야 할지도 모를 일이었다.

물론, 최하급 몬스터라 그리 크게 걱정되지는 않았다.

그러나 실종된 헌터들의 생사를 장담할 수 없다는 게 문제였다.

막말로 죽은 고블린들이 분풀이를 위해 헌터들을 공격할 수도 있기 때문이었다.

사실 이것도 실종된 헌터들을 아직까지 죽이지 않았다는 낙관적인 가정하에 가능한 추측이었다.

솔직히 고블린이 아직까지 실종된 헌터들을 살려뒀을 가능성은 지극히 희박했다.

그저 실종자 수색에 나섰으니, 조금이나마 희망적인 결과를 가져가고 싶은 욕심에서 비롯된 생각이었다.

"자, 적당히 쉬었으면 다시 가보자."

최수연은 어느 정도 휴식을 취했다는 판단이 서자 다시 던전 안을 살펴보자 마음먹었다.

　바닥에 앉아 있던 대원들도 하나둘 자리에서 일어나 다시 대형을 갖췄다.

＊　　　＊　　　＊

　무한 루프처럼 같은 자리를 수도 없이 맴돌았는데, 어느 순간 팀 유니콘 제5전대 대원들 앞에 다른 길이 나타났다.

　"어? 갈림길이다."

　정미나는 눈앞에 양쪽으로 나뉜 길이 등장하자, 머릿속에 떠오른 말을 바로 내뱉었다.

　"어머, 정말이네."

　신초롱도 정미나가 발견한 갈림길을 보더니 중얼거리듯 말했다.

　최수연과 이하윤은 얼른 앞서 걷던 정미나의 곁으로 다가가 나란히 섰다.

　"흐음, 여긴 우리가 한 번 이상 지나간 길처럼 보이는데…….."

　"맞아요. 그런데 지금까지는 보이지 않았죠."

　"함정일까요?"

　이하윤은 퍼뜩 떠오른 생각을 밝히며 최수연의 의견을 물었다.

"글쎄. 어떻게 된 일인지는 새로 발견한 길로 가보면 알 수 있지 않을까?"

"일단 새로운 길이 나왔으니 우선 가보자."

최수연의 말에 권인하가 고개를 끄덕이며 한마디 덧붙였다.

누구 하나 나서서 말을 꺼내지는 않았으나, 같은 길을 계속해서 반복해 걷는 것은 아무리 레벨이 높은 이들이라도 지칠 수밖에 없는 일이었다.

게다가 처음 겪는 현상에 대한 두려움도 그녀들을 괴롭히던 중이었다.

새로 발견한 길에서 고블린이라도 나왔다면 망설이지 않았을 테지만, 대규모 전투 이후에 놈들은 코빼기도 보이지 않았다.

팀 유니콘 제5전대의 대원들은 사방을 경계하며 앞으로 나아갔다.

6. 던전 클리어

공간 왜곡 현상이 사라진 뒤, 팀 유니콘의 제5전대는 아무 방해도 없이 던전의 심층부에 도달했다.

이번에 발견된 미발견 게이트의 던전은 생각 외로 상당한 규모를 자랑했다.

제5전대 대원들이 확인한 것만 해도 지하 4층까지 통로가 이어져 있었다.

게이트를 통해 들어온 구역을 지상 1층이라 했을 때, 그 아래로 네 개 층을 내려왔지만 아직 던전은 끝이 보이지 않았다.

"어, 수연 언니!"

지하 4층에 도달한 전대원들이 잠시 휴식을 취하고 있을 때, 이하윤이 무엇을 발견한 모양인지 급하게 최수연을 불렀다.

"무슨 일이야?"

휴식을 취하며 권인하와 이야기를 나누던 최수연은 갑자기 자신을 부르는 목소리에 고개를 돌렸다.

"잠시 이곳으로 와보세요. 여기 뭔가 있어요."

이하윤은 던전 내부를 탐사하던 도중, 더 이상 고블린이 나오지 않자 점점 긴장이 풀리며 무료해졌다.

그러다 보니 잔뜩 긴장했을 때에는 느끼지 못한 생리 현상을 해결하기 위해 동료들의 시선이 미치지 못하는 곳으로 향했다.

그런데 막 볼일을 마친 그녀의 눈에 이상한 것이 보였다.

그건 바닥의 흙이 쓸린 듯한 자국이었다.

"무슨 일인데 그래?"

다른 전대원들을 모두 이끌고 온 최수연이 질문을 던졌다.

그런데 이하윤은 뒤도 돌아보지 않고 계속해서 자신이 발견한 흔적을 살폈다.

"뭐야? 뭐라도 발견한 거야, 언니?"

정미나가 평범해 보이는 벽을 살피는 이하윤의 뒤로 다가가 물었다.

"응, 여기 벽이 조금 이상한 것 같아."

"그냥 벽 아니야?"

정미나의 눈에는 그냥 단단한 벽처럼 보일 뿐이라 이하윤이 어떤 근거로 의문을 제기하는 것인지 알 수가 없었다.

"아니, 여길 자세히 봐봐."

이하윤은 자신이 처음 발견한 흔적을 손가락으로 가리켰다.

"어?"

이하윤이 가리킨 곳을 살피던 정미나는 자신도 모르게 탄성을 내질렀다.

그런 정미나의 반응에 조금 떨어져 이하윤의 행동을 지켜보던 사람들이 빠르게 정미나의 옆으로 다가왔다.

"정말이네."

"뭘 끈 것처럼 보이는 흔적이네."

벽이 움직인 듯한 흔적이 바닥에 새겨져 있는 것을 확인한 이들은 벽처럼 보이는 것을 두들겨 봤다.

깡! 깡! 깡!

＊　　　＊　　　＊

협회 본부의 직속 헌터들이 자신들을 찾기 위해 던전에 들어온 것을 모르는 종욱은 고블린들이 만든 조잡한 감옥에 갇힌 채 잠들어 있었다.

시간이 날 때마다 감옥에 들어와 괴롭히던 고블린들이 나타나지 않아 잠시지만 눈을 붙일 수 있었다.

그렇게 무기력하게 최후를 기다리던 종욱은 감옥 바깥에서 소리가 들리자 눈을 번쩍 떴다.

놈들이 다시 찾아온 것일 수도 있기 때문이었다.

하지만 전에 듣던 문이 열리는 소리라든가, 놈들의 발자국 소리처럼 들리지는 않았다.

'뭐야? 갑자기 물소리가 왜 들리는 거지?'

종욱은 기이한 현상에 고개를 갸우뚱했다.

'설마……'

이곳은 고블린이 서식하는 게이트 내부의 던전이었다.

게다가 지금까지 물방울이 떨어지는 소리는 들었어도 물이 흐르는 소리는 들은 적 없었다.

종욱은 자신이 고블린에게 하도 시달려 환청을 듣는 것이라 생각했다.

물론 자신들 외에 또 다른 헌터들이 협회의 의뢰를 받아 조사하러 던전에 들어온 것일 수도 있었다.

하지만 물이 흐르는 소리가 들린다는 건 물을 다룰 수 있는 각성 헌터가 던전에 들어왔다는 의미일 터였다.

하지만 각성하자마자 대형 길드가 영입 의사를 밝히는 헌터들이 협회의 의뢰를 받아 던전에 들어올 리가 없었다.

남부 지부가 자존심을 굽히고 길드에 도움을 요청하지도 않았겠지만, 길드에서도 고작 4등급 던전에 귀한 각성 헌터를 파견하지는 않을 터였다.

그렇다고 고레벨의 헌터가 겨우 위험 분류 4등급인 이곳에 들어왔을 가능성 또한 거의 제로에 가까웠다.

종욱은 한숨을 푹 내쉬었다.

안 그래도 심란한 상황에서 현실을 떠올리니 더욱 암담해진 종욱이었다.

최소 40레벨의 프리랜서 헌터 네 명으로 구성된 파티가 협회의 의뢰를 받아 던전에 들어갔다가 고블린에게 모두 붙잡혔다.

그중 두 명은 고블린에게 끌려가 감감무소식인 걸 보니, 그들은 고블린에게 잡아 먹혔을 가능성이 농후했다.

과거에 겪은 길드원 몰살에 이어 또다시 파티원들을 지키지 못했다는 자책감에 종욱은 심적으로 고통받았다.

깡! 깡! 깡!

'어?'

그런데 그게 환청이 아닌 모양이었다.

종욱은 쇠로 돌을 두드리는 듯한 소음을 확실히 들었다.

"이봐, 정철 씨!"

종욱은 급히 자신의 옆에 잠들어 있는 정철을 불러 깨웠다.

그러자 정철이 미적거리며 잠에서 깨어나더니 불퉁거리며 대답했다.

"아우, 종욱 씨, 무슨 일인데 깨우는 거요?"

정철이 종욱을 부르는 호칭은 이전과 달라져 있었다.

하긴, 이제 와서 파티장이니 뭐니 붙여 봐야 뭐 하겠나.

이미 고블린들에게 붙잡힌 상태였고, 먼저 끌려간 재식처럼 언젠가는 자신들도 고블린의 식량이 될 터였다.

만사가 귀찮다는 감정이 여실히 담긴 그의 목소리에 종욱은 잠시 눈살을 찌푸렸지만, 얼른 조금 전 들린 소리에 대해 이야기했다.

"아무래도 근처에 누가 있는 것 같아. 내 생각엔 구출대가 아닐까 싶은데……."

"푸하하하, 누가 우리를 구출하러 왔다는 말이오?"

정철은 누군가 자신들을 구하러 왔다는 종욱의 말을 믿지 않았다.

프리랜서 헌터들 중 그래도 잘나가던 정철이었다.

그런데 평소에는 쳐다보지도 않던 하찮은 고블린에게 붙잡히고 말았다.

솔직히 이걸 종욱의 탓으로 돌리기엔 말이 되지 않는다는 것은 알지만, 사람의 감정이 마음대로 조절될 수 있는 건 아니었다.

그러다 보니 정철은 종욱의 말을 귀담아 듣지 않았다.

"조용히 하고 좀 들어봐요."

자신의 말을 믿지 않는 듯한 정철의 태도에 종욱이 얼른 다그치며 목소리를 높였다.

정철은 눈살을 찌푸리면서도 일단은 무슨 소리가 들리는지 귀를 기울였다.

'설마 이런 때 장난치진 않겠지.'

반신반의하던 정철은 가만히 눈을 감고 무슨 소리가 들리는지 집중해 봤다.

그리고 그때.

깡!

"어?"

정철의 두 눈이 부릅떠졌다.

그는 급히 종욱을 바라봤다.

아무래도 그 역시 같은 소리를 들은 모양이었다.

"밖에 누군가 있나 봅니다."

"그렇죠? 누군가 있는 거죠? 하하하, 내가 잘못 들은 것이 아니었어!"

지금 이 순간, 두 사람은 사지를 포박당하지 않았다면 서로를 부둥켜안고 눈물을 흘렸을 것이다.

하지만 두 사람은 서로가 지어 보이는 환희 어린 희망 찬 표정만으로도 충분히 교감을 나눌 수 있었다.

"분명 누군가 철제 무기로 벽을 두드리는 듯한 소리였습니다. 여기요! 여기 사람 있습니다!"

정철은 대화를 마치자마자 고함을 내지르며 자신이 살아 있다는 걸 구조대에 알리기 위해 노력했다.

그러자 종욱도 덩달아 고래고래 소리를 질러 댔다.

"살려주세요! 여기 사람 있어요!"

"어? 다들 잠깐만."

이하윤은 어디서 들려오는 사람의 목소리에 다른 이들의 행동을 멈추게 만들었다.

멀리서 작게나마 사람이 소리치는 메아리가 들려왔다.

"사람 목소리가 들리는 것 같아."

이하윤은 얼른 뒤에 있는 최수연에게 보고했다.

그러자 최수연은 이하윤의 앞으로 나아가 벽에 귀를 가져다 댔다.

벽 너머로 작게 뚫린 구멍에서 살려 달라는 소리가 들려왔다.

"실종된 사람들이 아직 살아 있나 봐. 저기요! 제 말이 들리시나요?"

방금 들린 소리가 환청이 아니라는 걸 확신한 최수연이 벽 틈에 길게 이어진 좁은 틈에 대고 크게 소리쳤다.

그러자 평범한 벽처럼 보이는 문의 틈새에서 어떤 남자의 목소리가 흘러나왔다.

"들립… 들려요!"

"조금 멀리 떨어지세요! 최대한 벽에서 멀리요!"

최수연은 바로 말을 건넸지만, 다시 돌아오는 답은 없었다.

'설마 고블린이 알아차리고 해코지하기 위해 접근하는 건가?'

그녀는 생존자들의 안위를 걱정했지만, 다행히 다시 목소리가 들려왔다.

"다시 말씀해 주세요! 뭐라고요?"

이번에는 조금 더 뚜렷하고 큰 목소리가 들려왔다.

최수연은 남자가 자신의 말을 알아듣지 못해 고민하며 잠시 조용해졌을 뿐이라는 걸 깨닫고 안도의 한숨을 내쉬었다.

"벽에서 떨어지세요! 벽에서! 떨어지세요!"

수차례 반복해서 자신의 뜻을 전달한 최수연은 다시 돌아올 답변을 기다렸다.

"알겠습니다!"

다행히 경고를 알아들은 모양이었다.

최수연은 돌로 만들어진 문을 뚫을 수 있을까 고민했다.

현재 자신들의 장비로는 돌을 뚫을 수 없기 때문이었다.

그렇게 잠시 생각에 잠긴 최수연은 문득 떠오르는 것이 하나 있었다.

"아!"

"언니, 뭐 생각나는 것이라도 있어요?"

"너희들 혹시 열 피로 현상이라고 들어봤어?"

"그게 뭐예요?"

"으음, 간단히 설명하면……."

최수연은 학창 시절 물리 시간에 배운 단어를 간단하게 설명했다.

열 피로 현상은 쇠를 절단 도구 없이 끊어낼 수 있는 방법이었다.

쇠에 열을 가하고 붉게 달구어진 표면을 빠르게 냉각시키는 것을 반복하면, 그 과정에서 쇠의 연결 구조가 피로 현상을 일으켜 결합 구조가 끊어지는 것이었다.

그리고 이런 현상은 쇠뿐만 아니라 다른 단단한 물체에도 적용할 수 있었다.

마침 부전대장인 권인하의 속성이 화염이고, 이하윤의 속성이 얼음이었다.

최수연은 충분히 시도해볼 만한 방법이라고 생각했다.

"아! 그러면 되겠네요."

최수연의 설명을 들은 이하윤은 고개를 끄덕이며 그녀의 말에 동조했다.

"그럼 일단 나부터네. 모두 뒤로 물러나."

권인하는 전대장인 최수연의 설명을 듣더니 먼저 앞으로 나섰다.

그러면서 혹시나 자신 때문에 화상을 입을지도 모를 다른 대원들을 위해 경고하는 걸 잊지 않았다.

"이얍!"

돌로 된 문에 손바닥을 가까이 가져다 댄 권인하는 불꽃을 집중해 벽을 달구었다.

시간이 지날수록 돌로 된 벽의 표면은 붉게 달아올랐다.

"그만. 다음은 하윤이."

어느 정도 벽이 달아오르자, 최수연이 선수 교체를 지시했다.

권인하가 힘을 거두고 뒤로 물러나자, 이하윤이 손바닥을 펼쳐 벽으로 내뻗었다.

"이얍!"

기합과 함께 손바닥에서 뿜어진 냉기는 벽을 빠르게 냉각시켰다.

치이이익!

뜨겁게 달궈진 쇠에 물을 끼얹은 듯한 소음과 함께 엄청난 증기가 피어올랐다.

쩌저적!

권인하가 달군 벽은 표면이 순식간에 차갑게 식어 새하얀 서리가 내려앉았다.

"그만. 다시 인하."

최수연이 다시 지시를 내리자 권인하가 이하윤과 자리를 바꿔 하얀 서리가 낀 벽을 향해 다시 한 번 힘을 발휘했다.

이를 몇 차례 반복하다 보니 돌로 된 단단한 벽 표면에 큼지막한 균열이 생겼다.

잠시 후, 균열이 사방으로 뻗어 나간 상황에서 이하윤이

다시 나서서 달궈진 벽에 냉기를 내뿜자, 직사각형의 돌문이 와르르 무너지며 건너편 공간이 나타났다.

"어? 뚫렸다."

뒤에서 그걸 지켜보던 정미나가 큰 소리로 떠들었다.

감옥 안에서 구조대가 모습을 드러내길 기다리던 종욱과 정철은 갑자기 조용해지자 불안감에 심장이 두근거렸다.

방금 전까지만 해도 서로 이야기를 주고받았는데, 뒤로 물러서라는 말을 하고 난 뒤 다른 소리가 들리지 않았기 때문이다.

'뭐지? 뭘 하려고 물러서라고 한 거야?'

종욱이 초조함에 입술을 잘근잘근 씹어 댈 때, 감옥과 그다지 멀지 않은 벽이 붉게 달아오르는 걸 발견할 수 있었다.

"어? 저게 뭐야?"

종욱은 벽이 붉게 변하는 것에서 그치지 않고 주황색으로 물든 뒤 노랗게 달아오르는 모습에 의문을 표했다.

"와, 엄청난 각성 헌터가 온 모양이네요."

정철도 그 현상을 주의 깊게 살피더니 혼잣말처럼 중얼거리듯 말을 내뱉었다.

"그러게 말입니다. 조금 더워지네."

"벽을 달궈서 녹이려는 생각일까?"

달궈진 공기에 두 사람이 조금 덥다고 생각할 무렵, 이번엔 벽의 색이 다시 역순으로 바뀌며 서리가 꼈다.

"허, 저게 가능한 일인가?"

"최소 두 명의 각성 헌터가 파견된 것 같네요."

벽의 온도 변화를 목격한 이들은 두 눈을 동그랗게 뜨고 감탄했다.

벽의 색 변화를 감상하는 것도 잠시, 하얀 서리가 낀 문이 와르르 무너졌다.

정철은 벽이 무너지자, 얼른 소리를 질렀다.

"여깁니다! 여기 있습니다!"

"네. 잠깐만요."

무너진 벽 너머에서 미성이 들려오자, 종욱과 정철은 안도의 한숨을 몰아쉬었다.

"저희는 협회 본부 소속의 팀 유니콘 제5전대 소속입니다. 거기 계신 분들은 누구신가요?"

최수연이 벽 너머로 들리는 정철의 목소리에 소속을 밝히며 정체를 물었다.

"저희는 남부 지부의 의뢰를 받았던 헌터 파티입니다. 제가 파티장이고 옆에는 제 파티원이 한 명 더 있습니다."

종욱은 간단하게 자신을 소개했다.

"아, 그렇군요. 혹시 벽 너머에 고블린이 있나요?"

엄청난 수증기 때문에 시야가 확보되지 않았기 때문에 최수연은 바로 벽 너머로 건너오지 않고 상황을 파악해 봤다.

"저희 둘뿐이었습니다. 습격은 걱정하실 필요 없습니다."

"네, 알겠습니다."

진대장인 최수연은 자신의 뒤에 서 있는 권인하에게 먼저 진입해 보라는 수신호를 보냈다.

그럴 리는 없겠지만, 이 모든 게 고블린의 함정일 수 있으니 조심해서 나쁠 건 없었다.

권인하는 가만히 고개를 끄덕인 뒤 조심스럽게 벽 너머로 건너갔다.

먼저 감옥이 있는 공간으로 넘어온 권인하는 주변을 두리번거리며 혹시 모를 습격에 대비했다.

폭발적으로 발생한 수증기는 점차 옅어지고 있었기 때문에 점점 시야가 환해졌다.

"까악!"

그녀는 감옥 안에 포박된 상태로 쓰러져 있는 종욱과 정철을 발견하더니 깜짝 놀라 비명을 질렀다.

그도 그럴 것이, 감옥 안에 갇혀 있는 두 사람은 고블린에게 붙잡혔을 때 무기와 걸치고 있던 방어구 등 모든 것을 빼앗겼다.

특히, 고블린은 수치심이라는 걸 모르는 모양인지 두 사람의 속옷까지 모조리 가져가버렸다.

덕분에 종욱과 정철은 몸에 아무것도 걸치지 않은 상황이었다.

부지불식간에 다 큰 성인 남성의 알몸을 보게 된 권인하로서는 당연히 비명을 지를 수밖에 없었다.

"뭐야, 인하야, 무슨 일이야!"

벽 너머에서 권인하의 비명 소리가 들리자, 최수연은 서둘러 벽을 통과해 감옥이 있는 공간으로 넘어갔다.

"아악!"

하지만 그녀 역시 종욱과 정철의 알몸을 발견하며 깜짝 놀라 비명을 내지르고 말았다.

"대장! 다들 서둘러!"

권인하에 이어 최수연마저 안으로 들어가자마자 비명을 지르자, 뒤에 대기 중이던 이하윤과 정미나, 신초롱이 서둘러 벽 너머로 진입했다.

그러자 최수연과 권인하는 벽을 넘어온 세 사람의 눈을 얼른 가려버렸다.

"깜짝이야! 언니, 갑자기 눈을 가리면 어떻게 해?"

최수연의 손에 시야가 가려진 정미나가 고개를 마구 흔들어 댔다.

"가만히 있어. 그리고 너희 셋은 잠시 주변 좀 살피고 와. 여긴 나랑 인하가 맡을게."

감옥 안에 갇힌 사람들의 알몸을 다른 대원들에게까지 보여주고 싶지 않은 최수연은 세 사람의 등을 떠밀어 감옥 반대편으로 보내려 했다.

세 사람은 눈이 가려진 채 고개를 갸우뚱했지만, 전대장인 최수연의 결정에 토를 달지는 않았다.

최수연과 권인하, 이 두 사람이라면 자신들 세 명을 합친 것보다 더 강하다는 것을 잘 알기 때문이었다.

"네, 알겠어요."

이하윤과 정미나, 그리고 신초롱은 별다른 반항 없이 최수연의 명령에 따라 감옥으로 이어지는 통로를 살피러 나섰다.

감옥이 있는 공간으로 들어온 권인하가 갑자기 비명을 지르는 바람에 종욱이나 정철 또한 깜짝 놀란 건 마찬가지였다.

'뭐 때문에 비명을 지르는 거지?'

종욱은 자신과 눈이 마주친 권인하가 얼굴을 붉히며 고개를 돌리는 것에 의아해하며 연신 고개를 갸웃거렸다.

'아!'

최수연까지 등장해 비명을 지르자, 종욱은 자신들이 아무것도 입지 않은 벌거숭이라는 것을 그제야 깨달았다.

'이런 젠장!'

그녀들이 얼굴을 붉히며 시선을 피하는 이유를 이해한 종욱의 얼굴도 붉게 달아올랐다.

그동안 고블린에게 잡혔다는 것과 힘을 쓰지 못한다는 것에 자포자기했기 때문에 알몸이라는 것에 크게 신경 쓰지 않았다.

게다가 구조받을 수 있다는 사실에 너무 흥분한 상태라 자신들이 알몸인 것도 잊고 무방비 상태로 그들을 맞이하는 실수를 범하고 말았다.

분명 작게 들리던 목소리가 여성의 것이라는 걸 들었으면서도 대비하지 않은 종욱과 정철의 잘못이었다.

하지만 두 사람은 모두 공통된 생각을 떠올렸다.

그건 바로 이런 상황에서 어떻게 할 수 있는 게 아무것도 없으니, 오히려 뻔뻔하게 나가야 조금이라도 덜 쪽팔리겠다는 것이었다.

"저희를 구하기 위해 여기까지 와주셔서 감사합니다. 조금 전에 인사드린 프리랜서 헌터 이종욱입니다. 여기는……."

자신을 소개한 종욱은 자신의 옆에서 하체를 어떻게든 가리기 위해 몸을 웅크리고 있는 정철을 돌아보며 소개를 이어 나갔다.

"아하하… 중급 헌터 이정철입니다."

"아, 네… 그런데 고블린에게 잡힌 것은 여러분뿐인가요?"

대원들을 다른 곳으로 보낸 뒤 정신을 수습한 최수연이 가까이 다가오며 물었다.

"원래는 두 명 더 있었는데, 고블린에게 끌려갔습니다."

겉보기에는 자신보다 한참 어려 보이는 최수연과 권인하

였지만, 종욱은 딱 봐도 그들이 자신들보다 더 강하다는 걸 알아차렸다.

그렇기에 최대한 신중하고 조심스럽게 답변했다.

"흠, 그게 얼마나 되었나요?"

감옥 안을 둘러보던 최수현이 낮게 한숨을 내쉬며 물었다.

"그게… 시간을 잘 모르겠습니다. 한 사나흘은 된 것 같은데……."

"그럼 기억하시는 부분부터 말씀해 주세요."

"예. 헌터 협회 남부 지부의 의뢰를 받아 실종된 헌터들을 찾아 던전 안으로 들어온 뒤에……."

종욱은 자신들이 처음 의뢰를 받아 던전 안에 들어온 것부터 고블린과 전투를 벌인 일, 공간 왜곡에 갇혀 몰려드는 고블린과 싸우다 붙잡힌 이야기까지 모두 들려줬다.

종욱의 이야기를 들은 최수연은 심각한 표정을 지었다.

헌터 실종 보고와 남부 지부에서 그들을 찾기 위해 프리랜서 헌터들을 모집해 의뢰한 것까지 모두 들은 최수연이었다.

자신들이 지원 요청을 받아 이곳에 출동하기까지 2일이 소모됐다.

즉, 이들은 이곳에 갇힌 지 3일 정도가 흐른 것이었다.

"알겠습니다. 그나저나 뭔가 걸칠 만한 것을……."

최수연은 헌터가 되어 별의별 상황을 다 겪어 봤지만, 이런 경우는 처음이었다.

아무리 불가피한 경우라지만, 계속해서 알몸의 남성들과 이야기하는 게 여간 고역이 아니었다.

물론, 그녀도 성인인지라 남자의 알몸을 한 번도 보지 못한 것은 아니었다.

그러나 연인도 아닌 성인 남성의 알몸을 보는 것에는 면역이 없었다.

"아, 네."

종욱은 최수연이 무슨 말을 하려는 것인지 듣지 않아도 잘 알았다.

솔직히 그 또한 다른 사람에게 알몸을 보이는 게 신경 쓰이는 것은 마찬가지이기 때문이었다.

최수연과 권인하는 허술한 감옥을 부수고 종욱과 정철을 구출했다.

하지만 두 사람의 치부를 가려줄 만한 것은 발견할 수 없었다.

* * *

"크아!"

퍽!

재식은 챠콥을 보호하는 거무스름한 막을 손으로 마구 두드렸다.

쩌적!

재식이 그 막을 두들길 때마다 막은 조금씩 금이 가며 약해졌다.

재식이 챠콥이 시전한 다크 실드를 깨기 위해 집중하는 사이, 챠콥의 명령을 수행하던 마지막으로 하나 남은 실험체가 재식의 뒤를 덮쳤다.

하지만 재식의 날카로운 감각은 자신의 등 뒤에서 접근하는 실험체를 놓치지 않았다.

챠콥의 마법을 깨기 위해 집중하면서도 신경의 한 부분은 자신을 공격할 실험체의 움직임을 살피는 데 배분한 재식이었다.

그래서 자식의 등을 노리며 달려드는 실험체의 공격을 피해, 다크 실드를 발판 삼아 허공으로 펄쩍 뛰어 올랐다.

그러자 실험체의 공격은 재식의 등이 아니라, 챠콥이 시전한 다크 실드에 적중하고 말았다.

쨍그랑!

챠콥이 시전한 다크 실드는 이미 재식의 공격에 금이 가 부서지기 직전이었다.

실험체의 공격이 결정타이긴 했지만, 그건 재식이 한 번만 더 주먹을 휘둘렀다면 같은 결과를 만들어낼 수 있었다는 뜻이었다.

다크 실드는 마치 유리가 압력을 이기지 못하고 깨지듯

날카로운 소리를 냈다.

챠콥은 자신의 명령을 받는 실험체에 의해 마법이 깨질 것이라곤 상상도 하지 못했기에 크게 당황하고 말았다.

재식은 다시 주문을 영창하지도 않고, 서둘러 몸을 피하지도 않는 챠콥의 바로 앞으로 떨어져 내렸다.

끼기긱!

그제야 화들짝 놀 정신을 차린 챠콥은 연방 뒷걸음쳤다.

하지만 재식이 이 절호의 기회를 놓칠 리가 없었다.

바닥을 박차고 신속하게 챠콥에게 달려든 재식은 오른손 끝에 힘을 모아 챠콥의 복부를 힘껏 찔렀다.

푸욱!

"끄악!"

비록 날붙이나 평소 쓰던 카타르는 없었지만, 재식이 심장에서 생성된 마력을 손끝에 모으자 그것만으로도 훌륭한 흉기로 거듭났다.

질기다던 몬스터의 피부도 재식의 손톱 끝에 맺힌 마력을 견뎌내지 못했다.

챠콥은 자신의 배를 찌른 재식을 멍하니 쳐다봤다.

그리고 시선을 밑으로 향해 자신의 배를 찌를 재식의 팔을 내려다봤다.

너무 비현실적인 모습이기에 챠콥은 지금 벌어진 일이 현실처럼 느껴지지 않았다.

'호, 이게 뭐지? 왜 내 배 속으로 들어오는 것이지?'

챠콥은 사고가 제대로 이어지지 않는지 멍청한 질문을 자신에게 던졌다.

그는 흡고블린 중에서도 매우 특별했다.

게다가 마법을 익히고 난 뒤로 단 한 번이라도 몸에 상처를 입은 적이 없었다.

그런 챠콥이 인간에 의해, 아니, 자신의 실험체에 의해 공격을 받아 배가 꿰뚫리고 말았다.

"끄그, 그으윽!"

챠콥은 뭐라고 말하고 싶은데 그럴 수가 없었다.

배가 뚫린 챠콥의 입에서 쉴 새 없이 피가 흘러넘쳤기 때문이다.

"크앙!"

챠콥이 피를 흘리면서도 뭔가 말하려 하자, 재식은 괴성을 지르며 챠콥의 몸속에 넣은 손을 꺼내 다시 한 번 가슴을 찔렀다.

"끄으윽!"

재식은 챠콥이 신음을 터뜨리든 말든 그의 가슴을 난도질하듯 찔러 댔다.

재식의 무자비한 공격에 몸을 바르르 떨며 고통을 인내하던 챠콥은 갑자기 두 눈을 부릅떴다.

그러더니 눈의 초점이 흐려지며 생명의 빛이 사라졌다.

챠콥의 가슴을 파고 들어간 재식의 손이 그의 심장을 움켜쥐더니 망설임 없이 잡아 뜯었기 때문이다.

재식에게 심장을 빼앗긴 챠콥은 사지에 힘이 빠지며 바닥 위로 쓰러졌다.

언데드가 아닌 이상, 생명체는 심장 없이 살 수가 없었다.

그건 몬스터인 챠콥 또한 마찬가지였다.

쿵!

챠콥이 죽자, 재식을 덮치려던 실험체도 실이 끊어진 마리오네트처럼 바닥에 쓰러지고 말았다.

"크륵!"

재식은 등 뒤에서 요란하게 쓰러진 실험체를 고개만 돌려 힐끗 살피더니, 다시 자신의 손에 들린 챠콥의 심장을 들여다봤다.

뭔가를 고민하는 것처럼 보였다.

한참을 실험체와 챠콥의 심장을 번갈아 바라보던 재식은 마지막까지 살아남은 실험체에게 다가갔다.

그러더니 그 앞에 쭈그려 앉아 실험체의 배 위에 챠콥의 심장을 내려놓았다.

그 후, 재식은 실험체의 가슴을 잡아뜯어 심장을 꺼내 한 입 크게 베어 물었다.

입안에 든 심장의 일부를 으적으적 씹어 삼킨 재식은 아직 많이 남은 실험체의 심장을 아무렇게나 던져 버리고, 곧장 챠콥의 심장을 집어 들었다.

그런데 재식은 실험체의 심장을 먹던 것과 다르게 챠콥의 심장을 아주 조금씩 천천히 씹어 삼켰다.

마치, 맛있는 진미를 음미하듯 성인 주먹 크기의 심장을 모두 먹어치웠다.

재식의 포식은 거기서 그치지 않았다.

뭔가 아쉽다는 듯 입맛을 다신 재식은 챠콥의 시체에 다가가 간을 꺼내 먹었다.

그다음은 챠콥의 두개골을 부수고 뇌까지 파먹었다.

몬스터의 시체를 먹으면서도 재식은 전혀 인상을 찌푸리지 않았다.

"끄억!"

재식은 진미를 마음껏 맛본 뒤 트림까지 하더니 자리에서 일어섰다.

그 순간.

"하압! 썬더 볼트!"

파지지직!

"크아아악!"

막 자리에서 일어난 재식은 느닷없이 날아든 번개를 맞아 몸을 바르르 떨더니 바닥에 털썩 쓰러지고 말았다.

*   *   *

고블린에게 빼앗긴 무기와 방어구를 되찾은 종욱과 정철은 팀 유니콘 제5전대의 뒤를 따라 던전 안을 걸었다.

 이들이 착용한 무기와 방어구는 최수연이 감옥에 들어가기 전 다른 대원들에게 내린 지시 덕분에 감옥 근처에서 찾아낸 것이었다.

 감옥 근처에는 조잡한 나무문이 달린 방이 하나 있었는데, 그 안에는 헌터들이 썼을 것으로 추정되는 무기와 방어구, 그리고 조잡한 돌도끼 따위가 정리돼 있었다.

 다행히 알몸 신세는 면한 종욱과 정철이지만, 두 사람은 방어구 안에 입고 있던 속옷과 겉옷은 찾을 수 없었다.

 하지만 언제까지 벌거벗고 다닐 수는 없는 노릇이라, 어쩔 수 없이 맨살 위에 방어구를 입을 수밖에 없었다.

 걸을 때마다 느껴지는 거친 느낌에 두 사람의 걸음걸이는 몹시 불편해 보였지만, 종욱과 정철은 알몸 신세를 벗어난 것만 해도 감사할 따름이었다.

 이미 최수연과 권인하에게는 알몸을 보인 뒤라 신경이 덜 쓰였지만, 다른 세 사람은 아니었다.

 더욱이 처음 보았을 때 자신들에게 호기심을 보이던 정미나의 눈빛을 생각하면 방어구로 알몸을 가린 것만으로도 정말로 다행이 아닐 수 없었다.

 "흐음, 더 이상 고블린의 모습이 보이지 않네요."

최수연은 4층 깊은 곳까지 오면서 고블린의 모습이 전혀 보이지 않자 다른 이들의 의견을 구하기 위해 말을 꺼냈다.

"그러게 말입니다. 고블린이 쓰던 방도 더 이상 보이지 않고……."

감옥과 헌터에게 탈취한 무구들을 보관하던 장소 등 몇몇 방을 제외하면 던전 4층은 별다른 것이 없었다.

"그럼 아래로 내려가는 길을 찾아봐요."

종욱과 정철이 더해졌지만, 일행을 이끄는 건 최수연이었다.

종욱은 나이는 자신보다 어리지만, 그녀가 이들 중에 가장 강하고 지휘관 훈련도 받은 헌터란 것을 알고 자신의 입장을 내세우지 않았다.

그러다 보니 프리랜서 파티와 팀 유니콘 제5전대는 아무런 대립 없이 하나의 파티로 움직일 수 있었다.

"이 밑에 어떤 함정이 있을지 모르니 조심하세요."

최수연은 비록 자신이 지휘를 맡았지만 연장자인 종욱과 정철을 배려해 줬다.

두 사람은 원래 자신의 휘하에 있던 헌터도 아니고, 협회 소속도 아닌 프리랜서 헌터였다.

최수연은 될 수 있으면 트러블을 피하기 위해 종욱과 정철에게 존칭을 썼다.

저벅저벅.

한동안 조용한 던전 안에선 계단을 걷는 소리만 울렸다.

끄아악!

그러던 어느 순간, 저 멀리서 괴성이 들렸다.

얼핏 들으면 비명과 비슷하게 들릴 정도였다.

소리를 들은 제5전대 대원들과 프리랜서 파티 멤버들은 발걸음을 멈췄다.

"들었나요?"

최수연은 누구를 특정하지 않고 물었다.

"네. 비명 소리였습니다."

"비명 소리를 들었어요."

"소리가……."

누가 먼저랄 것도 없이 사람들은 최수연의 물음에 답했다.

"혹시 끌려간 헌터가 아직 살아 있을지 모르니 소리가 들린 곳으로 빠르게 접근하겠습니다."

최수연은 말을 마치기 무섭게 가장 먼저 달려 나갔다.

전방에 어떤 함정이 있을지 모르건만, 그녀는 한 명의 헌터라도 더 살리겠다는 생각인지 무작정 뛰었다.

그런 최수연의 모습에 제5전대 대원들은 고개를 절레절레 내젓더니 서둘러 그녀의 뒤를 따랐다.

종욱과 정철은 잠시 주춤했지만, 그녀들의 뒤를 따랐다.

만약 유전자의 힘을 활성화시킬 수 있다면 더 빠르게 뛰었겠지만, 두 사람은 아직 전력을 다할 정도로 회복된 상태가 아니었다.

때문에 몸에 있는 유전자의 힘을 활성화시킬 수가 없었다.

"하압! 썬더 볼트!"

파지지직!

뒤늦게 도착한 종욱과 정철은 앞서 뛰어간 최수연이 속성 능력을 발휘해 무언가를 공격하는 모습을 목격했다.

푸른색 번개가 전방으로 뻗어 나가더니 바닥에서 일어서는 누군가의 등 뒤에 꽂혔다.

"크악!

뒤늦게 실험실 안으로 뛰어든 종욱의 눈에 들어온 것은 꽤 넓은 실내에 여기저기 널브러진 시체들이었다.

특이한 것은 그 시체들의 가슴이 뻥 뚫려 있었고, 심장이 뜯긴 상태로 이곳저곳에 널브러져 있다는 점이었다.

주변을 둘러보던 종욱은 마지막으로 최수연의 공격을 받아 쓰러진 존재를 살폈다.

"어?"

그녀의 공격을 받아 앞으로 엎어져 있는 존재의 뒷모습을 보던 종욱은 고개를 갸우뚱했다.

그것의 뒷모습이 눈에 몹시 익숙하기 때문이었다.

7. 차콥의 기억

두 평쯤 되는 좁은 방.

그 안에는 테이블 하나를 사이에 두고 두 사람이 의자에 앉아 있었다.

한 사람은 테이블 위에 노트북을 올려두고 무언가 작성하고 있었고, 다른 한 사람은 맞은편에 앉은 사람의 질문에 긴장한 표정으로 대답했다.

"이종욱 헌터, 그럼 당신은 그 정재식 헌터가 범인이 아니란 소립니까?"

헌터 협회 감찰부 소속 감찰관은 프리랜서 헌터인 이종욱을 상대로 취조하는 중이었다.

"그렇습니다. 정재식 헌터와 저, 그리고 이정철 헌터와 박상욱 헌터는 남부 지부의 의뢰로 실종된 헌터를 찾기 위해 딘진에 들어갔습니다."

이종욱은 자신들이 던전에 들어간 연유와 고블린들에게 붙잡힌 사연을 차근차근 설명했다.

하지만 감찰관인 최도형은 이종욱의 설명을 들으며 차가운 눈빛을 유지했다.

"남부 지부의 의뢰를 받고 파티 매칭을 진행했을 때, 그의 헌터 레벨은 40이었습니다. 40레벨의 헌터가 아무런 무기도 없이 맨손으로 몬스터를 공격해 쓰러뜨렸다는 건 상식적으로 불가능한 일입니다."

현재 이종욱이 협회 본부의 취조실에서 조사받는 이유는 재식을 발견한 당시 상황이 너무 수상하기 때문이었다.

재식의 주변엔 실종된 헌터로 보이는 여섯 구의 사체와 여러 몬스터 시세들이 널브러져 있었다.

그뿐만 아니라 던전의 보스로 판명된 홉고블린은 어떤 존재가 먹은 것처럼 보이는 흔적이 발견됐다.

문제는 그 자리에 살아 있던 존재는 재식 혼자라는 점이었다.

즉, 그 방 안에서 그런 짓을 한 것이 재식이다 의심되는 상황이었다.

이는 누구나 당연히 제기할 수 있는 의심이었다.

때문에 팀 유니콘의 제5전대를 이끈 최수연도 현장에 도착하자마자 재식에게 공격을 가했던 것이리라.

실종된 헌터들의 시체가 널려 있고, 죽은 시체는 하나같이 가슴이 뚫리고 심장이 뽑혀 죽은 상태였다.

그뿐만 아니라, 바닥에서 발견한 심장에는 누군가 뜯어먹은 듯한 흔적이 남아 있었다.

인간의 심장을 빼앗아 먹는 존재라면 몬스터밖에 없다 판단한 최수연의 판단이 잘못된 것은 아니었다.

현재는 그녀 또한 다른 방에서 조사를 받고 있을 터였다.

"그러니까 이종욱 헌터의 말씀은 그 방 안에 있던 시체들은 정재식 헌터가 죽인 것이 아닐 것이라는 겁니까?"

최도형은 억양의 변화 없이 되물었다.

"그렇습니다. 비록 그날 처음 본 사이지만, 정재식 헌터가 막무가내로 사람을 죽이는 성격은 아니었습니다. 그리고……."

이종욱은 그날 현장에서 본 기억을 떠올렸다.

최수연이 재식을 공격했을 때, 그 공격을 받은 재식은 아무 저항도 못하고 쓰러졌다.

아무런 방어 장비도 없이 맨몸으로 7등급 초입의 각성 헌터의 공격을 직격으로 받았으니 당연한 결과였다.

자연계 속성 중에서 가장 강력하다는 전격 속성이었다.

재식은 최수연의 공격에도 천만다행으로 죽지 않고 살아

남았다.

직격당한 부위가 검게 타고 신체에 있는 모든 체모가 타버렸지만 목숨만은 건졌다.

뒤늦게 최수연이 공격한 사람이 재식임을 깨달은 종욱이 그녀를 막지 않았다면, 최수연은 재식을 몬스터로 오인해 계속 공격했을 터였다.

그랬다면 재식은 그 자리에서 목숨을 잃었을 것이다.

물론, 지금도 혼수상태라 멀쩡한 상태는 아니었지만, 겉으로 보기에는 큰 부상을 입은 것처럼 보이지는 않았다.

"거기 있던 시체들의 가슴이 뚫려 있던 것은 사실이지만, 그럼에도 불구하고 피가 흘러나온 흔적은 보이지 않았습니다. 아마 그들은 이미 죽은 후였을 겁니다."

이종욱은 당시 방에 있던 시체들의 가슴에서 약간의 피가 흘러나온 흔적을 발견했지만, 살아 있을 때 심장을 파헤쳤다면 그 정도에서 그치지 않았을 게 분명했다.

"흐음……."

최도형은 이종욱의 설명을 듣고 작게 신음을 흘렸다.

이는 취조하러 들어오기 전에 살펴본 보고서에 담긴 내용이기에 그도 이미 아는 사항이었다.

그럼에도 이런 이야기를 하지 않은 채 이종욱에게 질문하고 답변을 듣는 이유는 현장에 있던 목격자의 증언을 듣기 위해서였다.

아무래도 현장을 직접 본 사람이 뒤늦게 시체를 확인한 검시관의 눈보다 더 정확할 것이기 때문이었다.

최도형은 그 뒤로도 몇 가지 질문을 더 던졌으나, 더 이상 얻을 게 없다는 판단 하에 이종욱을 취조실 밖으로 내보냈다.

"이만 가보셔도 좋습니다. 그동안 성심껏 조사에 협조해 주셔서 감사합니다."

"아, 네. 수고하십시오."

이종욱은 취조하던 감찰관이 느닷없이 감사 인사를 건네자 얼떨떨한 기분으로 대답했다.

*　　　*　　　*

이종욱이 최도형에게 취조받던 방 인근.

또 다른 조사실에서는 남부 지부 간부인 반도강의 요청으로 실종된 헌터들을 찾아 던전에 들어간 팀 유니콘 제5전대의 전대장인 최수연이 조사를 받고 있었다.

"최 전대장님, 정재식 헌터에 대한 당시 공격은 정당했습니까?"

"네. 당시 현장을 본 저로서는 다른 이들을 모두 죽이고 혼자 살아남아 있던 그를 범인으로 생각할 수밖에 없었습니다."

최수연은 감찰관의 질문에 자신이 보고 판단한 것을 가감 없이 대답했다.

"그 당시 상황을 조금 더 자세히 설명해 주시겠습니까?"

"당시 저는……."

최수연은 눈을 감으며 당시 상황을 기억 속에서 끄집어냈다.

열린 문을 통해 들어간 방 안에는 침대 크기의 수술대 비슷한 것이 놓여 있었고, 그 주변으로 수많은 시체들이 쓰러져 있었다.

그런데 그 시체들은 하나같이 모두 가슴이 뚫려 있었고, 심장이 없었다.

짐승이 먹고 버린 듯한 심장은 시체 주변의 바닥에 무질서하게 떨어져 있었다.

이를 목격한 최수연은 시체들 중엔 자신들이 찾으려던 실종된 헌터들이 있으리라 판단했다.

그때, 방 안에서 무언가 움직이는 것을 발견했고, 최수연은 당연히 그것이 헌터들을 죽인 적이라고 생각했다.

식인종이 아닌 이상 사람을 먹을 이유가 없고, 현대에 그러한 존재는 몬스터뿐이라 생각했기에 최수연은 망설임 없이 바로 공격을 가했다.

물론 고작 4등급 던전에서 고블린보다 월등히 큰 형체였지만, 당시엔 그냥 변종 고블린 정도라 치부했다.

그런데 뒤늦게 따라온 종욱이 자신의 파티원이라고 하자 공격을 멈췄다.

최수연은 당시 상황을 떠올리며 불필요한 것들은 생략하고 핵심만 짚었다.

"비록 실수가 있기는 했지만, 당시엔 그가 몬스터라고 판단할 수밖에 없었습니다."

최수연은 감찰관보다 직급이 높았지만, 사건을 조사하는 중이기에 직급을 떠나 존칭을 사용했다.

"알겠습니다. 일단 상부에서 판결이 내려올 동안 본부에 머물러주시기 바랍니다."

감찰관은 더 이상 자신이 조사할 것이 없다고 판단하고 의례적인 말을 남긴 채 밖으로 나가 버렸다.

감찰관이 취조실을 나가자 최수연은 바로 자리에서 일어나지 않고 잠시 의자에 앉아 당시 상황을 떠올려 보았다.

'40레벨의 하자 있는 헌터가 어떻게 그런 일을 할 수 있는 거지?'

최수연은 여전히 실종된 헌터들을 죽인 범인으로 재식을 의심하고 있었다.

'유일한 생존자이자, 유일한 용의자……'

그녀의 합리적인 판단에 따르면 범인은 오직 재식뿐이었다.

하지만 아무리 중급 헌터라도 맨손으로 심장을 도려내는

게 가능할지에 대해선 의문이 남았다.

어느 쪽을 가정하더라도 이상한 일임에는 틀림없었다.

아무리 생각해도 뭔가 딱 떨어지는 것이 없는, 무언가 이가 맞지 않는 퍼즐을 맞추는 것만 같았다.

최수연은 궁리를 해봐도 떠오르는 것은 없고 자꾸 의문점만 커지자 미간을 좁혔다.

"에휴, 이렇게 고민해서 풀릴 문제였다면 벌써 해결됐겠지."

가슴이 답답한 최수연은 더 이상 심력을 낭비하기보단 자신에게 의문을 남긴 존재를 직접 찾아가보자 마음먹었다.

덜컹.

그녀가 떠난 조사실은 정적에 빠졌다.

*   *   *

온통 하얀 공간에는 각종 센서가 부착된 기기들이 널려 있었다.

그 가운데, 커다란 시험관과 같은 통유리 안에 재식이 산소마스크를 쓰고 담겨 있었다.

이곳은 협회 본부 지하에 마련된 회복실이었다.

재식이 들어 있는 유리관은 협회 직속 헌터들이 몬스터 사냥 중에 부상당했을 때, 집중 치료하는 장비였다.

마치 SF 영화에 나오는 클론 복제 시험관처럼 생긴 장비에는 상처 회복에 특효인 포션과 임산부의 배 속에 들어 있는 양수 성분을 혼합한 액체가 들어 있었다.

덕분에 재식의 등에 난 상처는 느리게나마 치료되는 중이었다.

그 상처는 다른 것도 아니고 번개 속성 능력자의 공격에 의한 것이기에 상당히 심각한 수준의 화상과 세포 괴사가 일어나고 말았다.

만약 재식이 아닌 다른 중급 헌터가 이런 공격을 받았다면 아마 생명을 부지하지 못했을 것이다.

당시 재식의 몸에는 심장에서 생성된 난폭한 마력과 여러 심장에서 탈취한 마력, 그리고 챠콥의 시체에서 심장과 간, 뇌를 먹으면서 취한 마력이 가득했다.

마력 포화 상태가 아니었다면 재식은 최수연의 공격에 바로 즉사하고 말았을 터였다.

참으로 우연이 겹쳐 만들어낸 기적이 아닐 수 없었다.

물론, 마력에 의해 이성이 날아가 폭주하던 재식이 이런 사정을 알 리는 만무했다.

재식의 본능은 자신이 지금 해야 하는 일에 충실했을 뿐이었다.

살기 위해 부족한 에너지를 보충하고, 폭주하는 마력을 컨트롤할 수 있는 무언가를 찾아 모두 챙겼다.

그런데 본능적으로 취한 그것들이 안정을 찾기도 전에 서로 힘겨루기를 하면서 과도한 마력이 생성되었다.

때문에 재식은 자칫 완전히 미쳐서 죽어버릴 수도 있었다.

하지만 아주 운 좋게 최수연의 번개 공격으로 몸속에서 날뛰던 마력이 그녀의 공격을 막기 위해 소진되면서 전화위복이 되었다.

만약 당시 최수연의 번개 공격이 없었다면, 아니, 그녀의 공격이 아닌 권인하나 다른 전대원의 공격을 받았더라면 재식은 광인이 되고 말았을 것이다.

권인하의 화염이나 막내인 정미나의 바람, 이하윤의 얼음 속성은 재식의 내부에서 날뛰는 마력을 날려 버리기보단 재식의 신체에 상처를 입히는 것에 그쳤을 터였다.

신성력을 사용하는 신초롱의 공격은 날뛰는 마력을 상대하기엔 힘이 부족했다.

만약 신초롱의 레벨이 55레벨이 아니라, 최수연 정도만 되었어도 그녀보다 더 안전하게 재식을 제압할 수도 있었을 것이다.

그나마 희박한 가능성이라도 있던 최수연이 먼저 공격한 게 재식에게는 천운과도 같은 일이었다.

물론, 최수연의 공격이 조금만 더 강했다면 재식은 목숨을 잃었을 것이다.

하지만 우연에 우연이 겹치며 재식은 난폭하게 날뛰는 마력도 해소하고, 생명을 구할 수도 있었다.

하지만 그 대가는 결코 값싸지 않았다.

협회 본부로 이송된 후로 이틀이 지났지만, 재식은 아직도 최수연의 공격으로 입은 상처를 회복하지 못했다.

뽀그르르.

포션과 양수가 혼합된 액체 안에 담겨진 재식이 산소호흡기로 숨을 쉴 때마다 기포가 소리를 내며 수면 위로 떠올랐다.

그때, 어떤 미동도 없던 재식의 손가락이 움찔거리며 빠르게 접혔다 펴졌다.

그와 동시에 꼭 감고 있던 눈꺼풀이 바르르 떨렸다.

삐, 삐!

부그르르!

시간이 갈수록 재식의 움직임은 커졌고, 그의 몸에 부착된 전극이 연결된 기기에서 비프음이 격렬해졌다.

*　　　　*　　　　*

재식의 몸이 옥죄는 고통을 견디며 좁은 터널을 빠져나왔다.

'이건 뭐지?'

어두운 터널을 지나왔지만, 눈에 띄는 건 아무것도 보이지 않는 짙은 어둠뿐이었다.

'여긴 어디야?'

아무것도 보이지 않는 깊은 어둠에 두려움이 밀려들었고, 입을 열어 비명을 지르려 했지만 입이 떨어지지 않았다.

고블린에게 붙잡혀 가지고 있던 것을 모두 뺏기고, 변종 고블린에게 끌려가 생체 실험을 당하기 직전에 정신을 잃은 것까지는 기억이 났다.

그런데 어떻게 된 일인지 아무것도 보이지 않는 깜깜한 어둠 속에 덩그러니 혼자 남겨지고 말았다.

끼이익.

'헉, 뭐야?'

아무것도 보이지 않는 어둠 속에 갇힌 것에 신경이 날카로워져 있는 재식은 갑자기 들린 괴성에 흠칫 놀라며 목을 움츠렸다.

자신은 입도 뻥긋하지 않았는데, 기이한 괴성이 들렸기 때문이다.

하지만 곧 재식은 그 소리가 다른 누군가가 낸 것이 아니라, 자신이 스스로 만들어낸 소리란 것을 깨닫고 깜짝 놀라고 말았다.

'아니야, 아닐 거야!'

재식은 자신이 고블린에 의해 생체 실험으로 몬스터가 되었을지도 모른다는 불안감과 이를 부정하고픈 분노가 한데 뒤엉켜 큰 혼란에 빠지고 말았다.

재식이 현실을 부정하고 있을 때, 갑자기 그의 입을 비집고 무언가가 들어왔다.

마음 같아서야 이를 거부하고 싶었지만, 어찌 된 일인지 재식은 입에 들어온 그것을 맛있게 빨고 있었다.

이성은 거부하라 외쳤지만, 그의 육체는 이성의 명령을 거부하고 무언가를 힘차게 빨았다.

꿀꺽꿀꺽.

'어? 맛있네?'

뭔가 비릿하지만 이상하게 고소하고 맛이 있었다.

그러나 바로 극렬한 거부감을 느꼈다.

'아니야, 먹으면 안 돼! 아니, 왜 안 되지? 이렇게 맛있는데……'

이유 모를 거부감과 함께 이대로 순응하고 싶다는 생각이 뒤엉켜 재식의 머릿속이 복잡해졌다.

그게 며칠이나 계속되었다.

'으음……'

얼마의 시간이 흘렀을까.

갑자기 재식의 눈앞이 확 밝아졌다.

흐릿한 형상이 눈앞에 어른거렸다.

'뭐야, 뭐가 내앞에 나타난 거야?'

또렷한 초점이 잡히지 않아 흐릿하게 보이는 물체로 인해 재식은 답답해 미칠 것만 같았다.

하지만 불과 며칠 전까지만 해도 그는 아무것도 보이지 않는 어둠 속에서 지내야 했다.

흐릿하지만 뭔가가 눈에 비치기라도 하는 것이 다행이란 생각도 들었다.

끼끼긱!

멀리 나가지 마라.

분명 사람의 말이 아니었지만, 재식은 어째서인지 단순한 울음소리의 뜻을 이해할 수가 있었다.

그리고 재식은 자신을 걱정하듯 말을 건네는 존재를 보고 깜짝 놀랄 수밖에 없었다.

'어? 변종 고블린이잖아!'

자신을 걱정해 말을 건 존재는 잠들기 전에 목격한 놈과 비슷한 생김새를 가진 커다란 고블린이었다.

'설마 내가 고블린이 된 건가? 이게 도대체 어떻게 된 일이지?'

정말 이상한 일이 아닐 수가 없었다.

고블린의 실험실에서 정신을 잃었는데, 깨어나 보니 자신은 변종 고블린의 새끼가 되어 있었다.

상식적으로 절대 불가능한 일이 벌어진 것이었다.

재식이 변종 고블린의 새끼가 된 것에 놀라고 있을 때,

조그만 변종 고블린은 어미의 경고에도 불구하고 집인 동굴을 벗어나 숲을 향해 걸어갔다.

어두운 숲 여기저기를 돌아다니며 구경하다 보니 시간이 훌쩍 지나가고 말았다.

'돌아가자!'

딱 봐도 주변 환경은 어린 변종 고블린이 돌아다니기에 썩 좋은 환경이 아니었다.

재식은 자신의 덩치보다 한참이나 큰 나무와 풀을 보며 들개라도 한 마리 나오면 위험하겠다는 생각이 들었다.

재식은 다시 동굴로 돌아가자 마음먹었지만, 그의 육체는 그의 명령에 따르지 않았다.

'시팔! 내가 몸의 주인인데, 어떻게 된 게 내 말을 듣지 않고 지 맘대로 움직이는 거야? 제발 말 좀 들어라!'

아무리 속으로 외쳐 봐도 육체는 재식의 말을 무시한 채 제멋대로 움직여 보금자리인 동굴의 반대편으로 멀어져 갔다.

부시럭부시럭.

"$! #$@$%&$%."

뭔가 풀을 밟고 걷는 소리가 들리더니 알아들을 수 없는 말소리가 이어졌다.

그러더니 갑자기 커다란 손이 위에서 나타나 재식의 뒷덜미를 잡았다.

"#\$RWW#\$@e^\$%!"

왁자지껄 떠드는 소리가 무슨 뜻인지 알 수 없지만, 어투로 전달되는 감정은 기분 좋은 일이라도 생긴 것처럼 느껴졌다.

하지만 그와 반대로 커다란 손에 붙들린 재식의 육체는 알 수 없는 두려움에 벌벌 떨었다.

그러더니 한순간에 눈앞이 흐릿해지더니 장면이 바뀌었다.

끼에!

덜컹! 덜컹!

재식의 눈에 들어온 것은 커다란 철창에 갇힌 자신의 모습이었다.

그리고 그의 주변에는 비슷한 철창이 여러 개가 놓여 있었고, 그 안에는 여러 종의 몬스터를 볼 수 있었다.

'저건 오크고, 저건 트롤, 코볼트에 놀까지……. 그런데 저건 뭐지?'

재식은 많은 종류의 몬스터가 철창 안에 갇혀 있는 모습에 깜짝 놀랐다.

"VbꓮbꝽ흦."

그런데 그때, 알아들을 수 없는 말소리가 들리더니 철창의 문이 열리며 한참이나 올려다봐야 할 정도로 키가 큰 어떤 존재가 재식의 목덜미를 잡아 들어 올렸다.

'억!'

자신을 높이 들어 올린 존재의 얼굴을 확인한 순간, 재식은 기절초풍하고 말았다.

해골 위에 회색의 가죽을 씌운 듯한 얼굴을 가진 사람이 옛날 중세 수도승들이나 입었을 법한 로브를 뒤집어쓰고 자신을 들여다봤기 때문이다.

그 모습이 어찌나 무서운지 순간적으로 머릿속이 새하얗게 물었다.

'뭐지?'

다시 장면이 전환되며 자신이 생체 실험당하는 것으로 바뀌어 있었다.

아니, 지금까지 자신의 몸이라 생각한 몸의 주인이 실험대에 묶여 몸부림치는 모습을 지켜볼 수 있었다.

재식은 그제야 깨달았다.

지금까지 자신이 들여다본 기억은 자신이 경험한 것도 느닷없이 환생한 것도 아니라는 것을.

이건 다른 누군가의 기억을 지켜보는 것에 불과했다.

하지만 너무나 생생한 기억이기 때문에 자신이 직접 겪는 일이라 착각을 일으키고 만 것이었다.

재식은 마치 유체이탈하는 것처럼 그 광경을 관조하면서도, 배가 열리고 심장이 갈리는 것을 똑똑히 느낄 수 있었다.

그리고 로브를 뒤집어 쓴 그 사람이 심장과 뼈에 뭔가를 새기는 것을 보았다.

'아, 그놈이 하던 실험이 저거였구나!'

수술대 옆에 서서 지켜보던 재식은 조그만 고블린의 육체에 생체 실험을 감행하는 존재가 무슨 짓을 하는 것인지 깨달았다.

그놈은 배를 가르고 심장과 뼈에다 뭔가 알 수 없는 글자인지 문양인지를 그려 넣고 나서 배와 심장을 봉합했다.

그러고 나서 봉합한 배에 손을 얹고 뭐라고 중얼거리자 상처가 아물었다.

'마법이다!'

재식은 방금 전 로브를 뒤집어쓴 존재가 행한 것이 영화에서나 보던 마법이라는 걸 깨닫고 흥분하며 소리쳤다.

힐 속성 각성자가 저와 비슷한 능력을 보인다고 하는 것은 들어봤지만, 그것과는 차원이 달랐다.

로브를 입은 자의 기운은 어두운 회색을 띠고 있어 재식이 느끼기에 조금은 꺼림칙해 보였다.

재식은 조금 전, 자신에게 일어난 일들을 떠올려봤다.

너무 이상한 일이었다.

어떻게 몬스터인 변종 고블린의 기억을 재식이 알 수 있을까.

처음에는 지금 겪는 일이 생체 실험 때문일 거라 여겼다.

하지만 아무리 생각해도 그건 아닌 것처럼 보였다.

'아니야. 그건 아니야.'

재식은 지금 자신이 겪는 일이 고블린의 실험 때문이 아니란 것을 깨달았다.

그 근거는 정신을 잃기 전 실험실에서 목격한 실종된 헌터들의 상태였다.

재식은 고블린들에게 붙들려 끌려오면서도 최대한 많은 정보를 얻기 위해 노력했다.

던전에서 실종된 헌터들이 실험실 구석에 쓰러져 있던 것을 보면 그들이 죽었다는 건 쉽게 알 수 있었다.

그들의 시체와 실험실을 살펴본 결과를 토대로 정황을 유추해 보면, 놈은 고작 환각을 더욱 현실감 넘치게 보여주기 위해 생체 실험을 진행한 게 아닐 터였다.

재식은 이 이상한 현상의 원인을 밝혀 내지는 못했지만, 눈앞에 펼쳐지는 광경을 집중해서 살펴봤다.

이를 보다 보면 뭔가 힌트나 해답을 얻을 수 있을 것만 같았기 때문이었다.

'또 암전인가?'

재식은 갑작스럽게 다시 어둠이 밀려오자 고개를 갸우뚱했다.

그렇게 아무것도 보이지도 느껴지지도 않는 순간을 지나, 다시 눈앞이 밝아왔다.

'이번에도 시간이 엄청 흐른 것 같은데…….

재식은 갑자기 변한 상황을 지켜보며 혀끝을 찼다.

'도대체 원인이 뭘까? 아, 설마…….'

지금에 와서 생각해 보니 처음 재식이 정신을 차렸을 때, 암흑 속에서 있던 것은 자신의 정신이 깃든 변종 고블린이 탄생하는 순간이 아닌가 싶었다.

그다음으로 걷기 시작했을 때, 동굴 밖에 나왔을 때 본 광경들은 어쩌면 고블린이 살던 다른 세상이 아니었을까.

사냥꾼에게 붙잡힌 고블린은 어떤 존재에게 팔려 각종 실험에 사용된 것으로 보였다.

재식이 유전자 변형 시술을 받기 위해 성신 길드에 들어갔다 최충식에게 속아 생체 실험을 당한 것처럼, 이 고블린도 자신과 비슷한 경험을 한 것이었다.

'아무래도 이 변종 고블린이 날 실험하던 그놈인 모양인데…….'

재식이 고민을 거듭하는 와중에도 장면은 계속해서 진행되는 중이었다.

"암흑 마나를 심장 깊이 받아들여라, 챠콥! 그래, 그렇게 말이야."

어느 순간, 재식은 검은 로브의 사내가 하는 말을 알아들을 수 있게 되었다.

어떻게 된 일인지는 모르겠지만, 재식은 변종 고블린과

사내의 말을 모두 알아들을 수 있었다.

분명 깜짝 놀랄 일임에는 틀림없으나, 재식은 로브를 입은 사내의 능력을 보고 턱이 빠질 정도로 입을 쩍 벌렸다.

그는 각성한 것도 아니면서 불과 바람, 그리고 번개까지도 능수능란하게 사용했다.

한 가지 속성을 각성하는 것도 무척이나 어려운 일인데, 사내는 한 가지도 아니고 다양한 속성의 능력을 선보였다.

그뿐만 아니라 정신계 능력도 가지고 있었다.

만약 그가 헌터라면, 각성 능력자 중에서도 다중 속성을 각성한 S급 헌터의 대접을 받았을 것이다.

다만, 재식은 사내의 능력에 감탄사를 연발하면서도 한편으로는 꺼림칙한 느낌을 지울 수가 없었다.

그건 사내가 능력을 발휘할 때마다 나타나는 진한 회색의 안개처럼 보이는 기운 때문이었다.

그 이유 때문인지, 그가 사용하는 능력은 재식이 아는 것과는 다른 결과물을 만들어냈다.

그중 가장 대표적인 게 불꽃을 피워낼 때였다.

헌터들은 밝고 붉은색이나 푸른색 등 온도에 따른 색깔을 띠는 반면, 사내의 불꽃은 모두 검붉은 색뿐이었다.

재식이 고민에 빠져 있을 때도 장면은 획획 지나가고 있었다.

수십 번의 암전 이후, 사내의 실험에서 살아남은 것으로 보이는 변종 고블린 챠콥도 다양한 속성의 능력을 활용했다.

비록 사내가 보여준 것과 비교하면 볼품없는 위력이지만, 재식이 보기에는 충분히 강해 보였다.

헌터로 치면 중급 헌터 정도는 될 것 같았다.

아무리 변종이라지만 고블린이 중급 헌터와 비슷한 능력을 보인다는 것은 놀라운 일이었다.

만약 이러한 사실이 알려진다면 지금까지 정해진 위험 분류에 많은 변화가 일어날 것이 분명했다.

팟!

한참 머릿속으로 생각을 정리하던 중 또 갑자기 퓨즈가 나간 것처럼 눈에 아무것도 보이지 않았다.

끼아! 끼아!

다음 장면에선 갑자기 고블린들에게 둘러싸인 모습이 보였다.

'어? 여긴…….'

챠콥은 다른 고블린들을 이끌고 어떤 동굴 속으로 걸어 들어갔다.

재식은 그 동굴이 어디인지 쉽게 알아차렸다.

'고블린 던전…….'

동굴이면서 조명 없이도 밝은, 참으로 희한한 동굴의 형태가 너무 익숙했다.

"진실의 왜곡, 혼돈의 공간, 끊이지 않는 길, 스페이스 월(Space Wall)!"

팟!

고블린 무리의 가장 앞에선 변종 고블린이 마법 주문을 외웠다.

공간 왜곡 주문이었다.

아니, 정확하게는 공간 왜곡 주문이 새겨진 마법진을 활성화하는 주문이었다.

'아니!'

재식은 무엇을 보았는지 깜짝 놀라며 소리치고 말았다.

'저건……'

재식은 자신이 본 것을 믿을 수가 없었다.

재식의 눈에 비친 것은 바로 실종된 헌터들을 찾기 위해 고블린 던전에 들어온 자신의 모습이었다.

던전에 들어와 공간 왜곡 마법을 파훼하지 못하고 한참을 헤매는 모습을 볼 수 있었다.

그리고 나서 이어진 장면은 지친 상태에서 수많은 고블린에 파묻히고 마는 모습이었다.

그렇게 어느새 마지막 장면이 보였다.

실험실이 보였다.

실험대 위에 놓인 자신의 얼굴도 볼 수 있었다.

하지만 거기서 끝이 아니었다.

재식은 챠콥에 의해 정신을 잃은 뒤, 그놈이 자신에게 어떤 일이 저질렀는지 확인할 수 있었다.

가슴이 갈라지고 심장이 드러났다.

그러자 챠콥은 새끼손톱만한 마정석을 가져와 자신의 심장에 새겨놓은 마법진 가운데 박아 넣었다.

재식은 챠콥이 하려는 실험의 목적이 무엇인지 알았다.

'마력 접목.'

원래 명칭은 그게 아니지만, 챠콥이 기억하는 것은 그 이름이었다.

챠콥을 가르친 흑마법사가 그에게 베푼 마법 실험의 변형이었다.

자신의 던전을 지킬 강력한 가디언을 만들기 위한 실험을 거듭하던 흑마법사는 자신의 실험에서 살아남은 챠콥을 조수로 부리며 각종 실험의 보조를 맡겼다.

그 과정에서 챠콥은 주술이 아닌 흑마법을 습득한 흑마법사가 되었다.

챠콥의 경지는 미천한 3서클이지만, 흑마법사가 세상을 떠난 뒤에도 어찌 된 영문인지 죽지 않고 생을 연명하며 4서클에 올랐다.

그뿐만 아니라, 챠콥은 마법에 대한 향상심이 너무 강해

5서클을 탐냈다.

자신의 부족한 점을 깨닫고 오래 전에 죽은 흑마법사의 연구를 계승해 4서클을 마스터하고 5서클 언저리까지 실력을 쌓았다.

그리고 재식을 이용해 실험에 성공하면서 5서클의 단초를 발견했다고 기뻐했다.

시간이 더 있었다면 챠콥이 정말 5서클에 들어섰을지도 모를 일이었다.

하지만 운명은 챠콥을 외면했다.

실험은 성공했지만 폭주한 재식을 쉽게 제압하지 못했고, 또다른 적이 나타나며 신경이 분산되고 말았다.

'아, 내가 괴물이 되어버린 건가?'

챠콥이 침입자를 막기 위해 실험실을 빠져나가기 전, 재식은 이성을 잃고 날뛰는 자신이 벌인 엽기적인 행위를 똑똑히 목격했다.

비록 언데드이지만, 이전에 사람이던 그들의 가슴을 부수고 심장을 꺼내 먹는 모습에 재식은 적잖이 충격받았다.

'으으... 으흐흑!'

재식은 자신에 대한 절망과 분노로 몸을 떨어 댔다.

그 감각은 어둠에서 깨어났을 때와는 전혀 다른 감각이었다.

눈앞이 하얗게 변하며 아무것도 보이지 않았다.

뽀그르!

하지만 그의 귓가에 이상한 소리가 들렸다.

삐! 삐! 삐!

지금까지와는 다르지만, 조금은 익숙한 소음이었다.

8. 최수연과의 재회

최수연은 감찰부 조사실을 나와 재식을 치료 중인 장소로 향했다.

뚜벅뚜벅.

그녀가 조사받던 감찰부와 집중 치료실은 같은 협회 본부 내에 존재하지만, 상당한 거리가 있었다.

그도 그럴 것이, 헌터의 비위를 감찰하는 부서는 그 이름에서 알 수 있듯 협회 내에서 상당한 권한을 쥔 부서였다.

그러다 보니 감찰부가 존재하는 장소는 무려 13층에 위치하고 있었다.

지상 15층, 지하 7층으로 이루어진 협회 본부 건물에서 지상 13층이라면 꽤 높은 곳이라 할 수 있었다.

그에 반해 집중 치료실의 경우 지하 1층에 위치하고 있었다.

부상당한 헌터를 빠르게 치료하기 위해 지하 1층에 집중 치료실을 만든 것이다.

물론, 보다 빠른 치료를 위해서라면 지하가 아닌 지상 1층에 설치하는 게 옳겠지만, 협회 본부 1층은 아무래도 업무가 많은 곳이다 보니 유동 인구가 많았다.

환자인 헌터를 편하게 치료하기에 부적합한 장소였다.

여건상 지상 층을 배제하다보다 합리적인 판단에 근거해 지하 1층으로 그 위치가 정해졌다.

그러다 보니 최수연은 13층에 있는 감찰부 조사실에서 조사를 받은 뒤, 집중 치료실이 있는 지하 1층으로 내려올 수밖에 없었다.

'설마 얘가 그 애라니…….'

복도를 걷던 최수연은 미간을 잔뜩 찌푸렸다.

오래 전 인연이 있던 아이였는데 이런 식으로 다시 보게 되니, 괜히 그 아이에게 미안했다.

삐잉! 삐잉!

'어? 뭐지?'

생각에 잠겨 복도를 걷는데, 느닷없이 비상 경고등이 켜졌다.

복도 중간중간에 배치된 붉은 경고등이 요란하게 깜박이고, 스피커에서는 날카로운 경고 신호가 울렸다.

"으아!"

두다다닥!

의무대 부서들의 문이 벌컥 열리더니 사람들이 비명을 지르며 뛰쳐나왔다.

비상시 행동 매뉴얼이 있고 반복적으로 훈련을 받았지만, 실제 상황이 닥치니 이성적으로 행동하지 못하고 우왕좌왕하며 혼잡한 상황을 연출했다.

"비켜!"

최수연은 자신을 향해 몰려드는 사람들에게 경고를 날리더니, 마주 오는 이들을 피하며 달렸다.

어디서 사고가 터졌는지 지금으로서는 알 수 없지만, 그녀는 본능적으로 집중 치료실을 향해 달렸다.

아무래도 그곳에서 사고가 터졌을 것이란 불길한 예감이 들었다.

물론, 그곳이 아닐 수도 있었다.

이곳 협회 본부 건물에는 대 몬스터 훈련장이 있어 흔하지 않지만 종종 사고가 발생하기도 했다.

VR 시스템을 이용한 모의 전투로 대체할 수도 있지만, 헌터 협회는 이런 증강 현실을 이용한 훈련보다는 실제 몬스터를 가져와 훈련하는 걸 중요시 여겼다.

이를 위해 지하 층에 실전 훈련장을 마련해 두고 있었다.

그렇기 때문에 종종 몬스터와 실전 전투를 벌이다 사고가 나기도 했다.

하지만 지금 울리는 경고음은 실전 훈련장이 위치한 지하 5층이 아니라, 지하 1층인 의무대 층에서 울리는 것이었다.

최수연은 자신의 추측이 틀리기를 바라며 집중 치료실로 향했다.

아니나 다를까, 집중 치료실에 도착한 그녀는 투명한 유리벽으로 내부를 들여다보며 한숨을 푹 쉬었다.

"하아, 어떻게 된 게……."

문득 떠오르는 노랫말의 가사처럼 그녀의 불길한 예감이 정확히 맞아 떨어졌다.

하지만 상황은 그녀의 예상과 다르게 그리 절망적인 것은 아니었다.

그녀의 눈에 들어온 상황은 크게 위협적인 대형 사고에 속하는 부류는 아니었다.

다만 그녀의 뇌리에 총무부장의 악다구니 쓰는 목소리가 환청처럼 들려왔다.

최수연은 잔소리를 들어야 한다는 것 때문에 인상을 찌푸렸을 뿐이었다.

"젠장… 잔소리 좀 듣겠네."

유리벽 너머로 보이는 치료 설비 하나가 개박살 나 있었다.

특수 제작된 강화유리가 깨져 있었고, 그 안에 가득 차 있던 특수 용액이 바닥에 흘러 치료실 내부를 흠뻑 적시고 있었다.

아마 집중 치료기 가격도 가격이지만, 흘러넘친 용액을 처리하는 비용도 만만치 않게 들어갈 터였다.

그뿐만 아니라, 실내를 깨끗이 청소하는 기간 동안은 부득이하게 집중 치료실 설비는 사용하지 못할 게 뻔했다.

만약 협회 소속 헌터 중 집중 치료실의 사용을 요구하는 상황이라도 발생하면, 준비가 되지 않은 협회의 시설 대신 가격이 비싼 사설 치료 시설로 가게 될 터였다.

이는 다르게 말해 상당한 예산이 외부로 빠져나가야 한다는 말과도 같았다.

그러니 최수연으로서는 지금 보고 있는 집중 치료실의 설비를 부수고 밖으로 나온 사람을 보며 고개를 흔들 수밖에 없었다.

재식은 지금 상황을 이해하기 어려웠다.

자신은 분명 챠콥의 생체 실험을 받았다.

아니, 마법 실험이라고 부르는 게 정확했다.

실험은 성공했지만 그 과정에서 부작용으로 폭주를 한 자신은 언데드가 된 실종 헌터들과 챠콥을 죽였다.

죽인 정도가 아니라 헌터들의 심장에 새겨진 마법진을 탈취했고, 몬스터이자 흑마법사인 챠콥을 잡아먹었다.

재식은 자신이 벌인 일을 모두 기억해 냈다.

단순한 기억 정도가 아니라, 너무나 생생한 체험처럼 느껴졌다.

왠지 재식은 조금만 연습하면 챠콥이 사용하던 마법을 자신도 할 수 있을 것만 같았다.

재식은 자신이 인간인 헌터인지, 몬스터인 챠콥인지 조금 혼란스러웠다.

정체성이 흔들리는 이유는 바로 인간과 몬스터를 먹었다는 점 때문이었다.

인간이라면 같은 사람을 먹는 데 거부감을 느껴야 정상일 테고, 몬스터를 먹을 생각도 하지 않는다.

식인 문화가 없는 건 아니지만, 대부분의 사람들은 교육을 통해 동종 포식이 어떤 문제를 내포하는지 알았다.

정상적인 인간이라면 절대 인간을 먹지 않는다는 말이었다.

그리고 만약 다른 사람을 잡아먹는 것을 신고하면 식인을 한 사람은 법에 의해 처벌을 받는다.

예전이라면 반인륜적인 범죄로 중형에 처해졌지만, 현대는 더욱 엄정해졌다.

인간을 특별한 이유 없이 살인하고 잡아먹는다면 즉결 처분을 내릴 수도 있었다.

사실 고블린 던전에서 최수연이 재식을 발견한 뒤, 곧장 공격한 것도 바로 이런 이유 때문이었다.

　재식은 자신의 정체성에 혼란을 느끼며 발버둥 쳤고, 움직임이 격해지다 보니 집중 치료기의 강화유리가 깨지고 만 것이었다.

　그 후에 자신이 알지 못하는 장소에서 깨어난 것이 재식을 더욱 혼란스럽게 만들었다.

　'마지막으로 기억나는 건 무언가 강력한 전류에 감전된 것 같은 느낌이었는데, 아마 그것 때문에 정신을 잃고 쓰러졌을 테고……'

　재식은 챠콥의 기억을 통해 자신이 어떤 짓을 벌였는지 알게 되었다.

　자신 폭주해 결국 챠콥을 심장을 빼앗는 것까지 전부 지켜봤다.

　분명 챠콥의 심장도 먹었을 게 분명했다.

　정확한 기억은 챠콥이 사망하며 끝나 버렸다.

　하지만 마지막에 뭔가 짜릿한 것이 몸을 훑고 지나간 감각이 뇌리에 남아 있었다.

　아마 강력한 전류에 노출된 것이리라.

　하지만 이런 추측도 뭔가 뒷받침할 만한 증거는 없었다.

　솔직히 챠콥의 실험실에는 전류가 흐를 만한 어떤 기계 장치도 없었다.

그렇다고 번개를 맞았다고 보기도 힘든 게, 챠콥의 실험실은 지하에 위치해 있었다.

그것도 던전 가장 하층에.

그러니 엄청난 번개가 동굴 천장을 몇 개나 뚫고 지하 깊은 곳까지 떨어졌다는 건 말이 되지 않았다.

하지만 자신의 몸을 관통한 게 강력한 전류가 아니라면, 이와 비슷한 공격이 무엇일지 선뜻 떠오르지 않았다.

'어? 그런데 어떻게 이렇게 내 몸이 멀쩡한 거지?'

의문인 것은 그 외에도 많았다.

강력한 전류에 노출됐든 아니든, 정신을 잃을 정도의 공격을 받은 건 확실했다.

그런데 재식은 몸을 움직이는 데 크게 불편함이 없었다.

게다가 외관상 눈에 띄는 상처도 보이지 않았다.

아니, 그 정도가 아니라 몸 안에 힘이 충만했다.

지금까지 한 번도 느껴보지 못한 엄청난 힘이 폭발할 듯 꿈틀거리며 재식의 몸 안에 잠들어 있었다.

그 힘은 스스로 의지를 가진 것처럼 재식에게 아무것이나 부수라고 부추기듯 강렬한 파괴 본능을 자극했다.

그 때문인지 재식은 눈앞에 보이는 깨진 강화유리를 보자, 그것을 자근자근 깨뜨려 버리고 싶었다.

'내가 왜 이러는 거지?'

재식은 가만히 주먹을 쥐었다 폈다 하며 자신의 충동을

다스렸다.

자신은 원래 이렇게 폭력적인 성향이 아니었다.

오히려 차분하게 먼저 생각하고 계획을 세운 뒤에 행동하는 편이었다.

그런데 자꾸만 일단은 눈에 보이는 걸 부수고 뒷일은 나중에 고민하자는 충동이 쉬지 않고 일었다.

그때, 이를 지켜보던 수연이 조심스럽게 집중 치료실의 문을 열고 안으로 들어섰다.

아직 재식의 상태를 모르고, 어떤 위험한 일이 벌어질지 모르기 때문이었다.

하지만 최수연은 자신이 무사하리라는 자신이 있었다.

재식이 집중 치료기의 강화유리를 깨고 나온 것 자체가 범상치 않은 능력을 가졌다는 말이었지만, 그렇다 하더라도 크게 위험하지는 않을 것처럼 보였다.

그녀는 자신이 국내 200위권 내의 각성 헌터라는 것에 높은 점수를 줬다.

게다가 그중에서도 강력한 속성인 번개 속성을 각성한 7등급 헌터였다.

재식이 어떤 이유로 강력한 힘을 발휘하고 있다지만, 그는 여전히 중급 헌터일 뿐이었다.

최수연은 헌터 등급이나 레벨이 월등히 높은 자신을 능가할 정도로 재식이 강하다 여기지 않았다.

게다가 밖에서 가만히 지켜본 결과, 이성을 잃고 폭주한 것으로 보이지도 않았다.

덜컹.

문이 열리는 소리를 들은 재식은 빠르게 소리가 들려온 곳으로 고개를 돌렸다.

"실례."

집중 치료실 안으로 들어간 최수연이 짤막하게 인사를 건넸다.

재식은 자신에게 말을 걸어오는 여자의 얼굴을 살폈다.

재식은 순간, 크게 당황했다.

분명 오늘 처음 보는 여성일 텐데, 언뜻 어디선가 본 적 있는 얼굴처럼 느껴졌기 때문이다.

'누구지? 어디서 본 듯한 얼굴인데…….'

재식은 고개를 갸우뚱하며 고민에 빠졌지만, 그녀가 누구인지 좀처럼 떠오르지 않았다.

"누구세요? 여긴 어디죠?"

더욱이 수연은 재식이 지금까지 본 여자들 중 상당한 미인 축에 속했다.

웬만한 연예인보다 더 예쁜 얼굴이라, 좀처럼 누구인지 떠오르지 않는 게 이상할 정도였다.

"나 모르겠니? 네 친구 최수형……."

"아!"

재식은 옛 친구의 이름을 듣고 최수연의 얼굴을 기억해 냈다.

"기억…나니?"

"네, 수형이 누나 아니세요?"

재식은 혹시나 자신이 잘못 기억한 것은 아닌가 싶어 조심스럽게 물었다.

"그래, 맞아. 나 수형이 누나인 최수연이야."

"예, 반가워요. 그런데 죄송한데 누나, 여긴 어디에요?"

마지막 기억은 분명 고블린 던전 내부였다.

그런데 깨어나 보니 던전이 아니라 인간이 지은 건물의 내부였다.

"여긴 협회 본부야."

"헌터 협회요?"

"그래. 정확히는 협회 본부 지하에 있는 헌터 집중 치료실이지."

"집중 치료실?"

재식은 자신이 있는 곳을 듣고도 이게 무슨 일인가 싶어 고개를 갸우뚱했다.

"어디까지 기억하는지는 모르겠지만, 내가 널 구조했어."

"아, 그렇군요. 정말 감사합니다. 누나가 아니었다면 죽었을 거예요."

재식이 서둘러 감사 인사를 전했지만, 수연은 뭔가 꺼림

칙하다는 듯 슬쩍 고개를 돌렸다.

"그래. 우리가 도착했을 때, 너는 흡고블린에게 실험을
당한 것처럼 보였어."

직접 본 것은 아니지만 수연은 비교적 정확하게 재식이
어떤 상황을 겪었을지 유추하며 이야기를 들려줬다.

챠콥의 기억을 들여다본 재식은 자신이 마법 실험의 모르
모트가 되어 어떤 일을 겪었는지 이미 알고 있었다.

하지만 이를 수연에게 발설하지 않고, 그녀의 설명을 조
용히 듣고만 있었다.

그래야 자신에게 유리할 것만 같다는 예감 때문이었다.

"너와 함께 지부의 의뢰를 받은 헌터들에게 증언을 받았
고……."

수연의 말은 재식이 고블린들에게 붙들려가 어떤 짓을 당
해 이성을 잃고 폭주했고, 그 과정에서 실종된 헌터들의 시
체를 훼손했다는 것이었다.

조사 결과, 재식에 의해 가슴이 뚫린 헌터들은 이미 죽은
것으로 결론이 났다.

그런데 무슨 이유에서 재식이 이성을 잃고 폭주하고, 그
들의 시신을 훼손한 것인지는 밝혀지지 않았다.

"혹시 당시 무슨 일이 있었는지 알 수 있을까?"

수연은 재식이 폭주를 한 원인을 알고 싶었다.

하지만 저 멀리서 사람들이 몰려오는 듯한 소리가 들려왔

다.

그리고 눈앞에 펼쳐진 상황이 눈에 들어왔다.

아무래도 이대로 대화를 나누는 건 이래저래 문제가 많을 것 같았다.

잠시 말을 멈춘 최수연은 한숨을 푹 내쉰 뒤, 다시 말을 이어 나갔다.

"아니, 그건 우선 자리를 옮긴 뒤에 얘기하자."

말을 마친 최수연은 지저분한 집중 치료실의 문을 열며 재식을 불렀다.

"나가자. 여긴 이야기를 나누기에 적합한 장소는 아니니까."

수연은 자신의 할 말만 마치고 밖으로 나가 버렸다.

투명한 유리벽 너머로 그녀의 모습이 보이자, 재식은 얼른 주변을 살피다 그녀의 뒤를 따라나섰다.

헌터 협회 지하 2층의 휴게실.

난장판이 된 집중 치료실을 나온 재식은 최수연의 뒤를 따라 지하 2층으로 내려왔다.

이곳은 부상에서 회복한 헌터들의 체력을 측정하기 위한 부속 시설이 조성된 곳이었다.

위층은 큰 난리가 났지만, 이곳은 의외로 조용해 이야기를 나누는 데 불편함이 없었다.

"뭘 그렇게 내 눈치를 보고 그래?"

아닌 게 아니라, 지금 재식은 얼굴이 벌게져서 최수연의 눈치를 보며 의자에 다소곳이 앉아 있었다.

재식이 최수연과 마주 앉아 힐끗거리는 이유는 그녀와 재회한 장소와 복장이 좀 난감했기 때문이다.

기억은 없지만, 그녀의 이야기에 따르면 그녀가 자신을 구출했다고 말했다.

문제는 그때, 재식은 알몸인 상태였다.

고블린 놈들이 속옷도 남겨두지 않고 모두 가져가버렸기 때문에 몸에 걸친 게 아무것도 없었을 터였다.

그러니 자신의 알몸을 수연이 봤을 게 분명했다.

친구 수형의 누나인 수연은 재식을 비롯한 또래 친구들 모두가 선망하던 대상이었다.

그런데 5년 정도가 흐른 뒤, 다시 재회한 것이 알몸 상태라는 것과 정신을 차리고 다시 마주한 상태가 알몸에 속옷 한 장 걸친 모습이니 민망할 수밖에 없었다.

"내게 알몸 보여서 부끄럽니? 호호호, 귀엽네."

최수연은 재식이 부끄러워하는 모습을 보며 빙그레 미소를 지었다.

"크흠, 그런데 어떻게 된 일이죠?"

재식은 계속해서 이러고 있다가는 수연에게 놀림을 받겠다 생각했는지, 서둘러 화제를 돌렸다.

"흐음, 어디서부터 설명해야 할까……."

재식의 질문에 수연은 자신이 협회 직속 헌터라는 것과 남부 지부의 요청으로 실종된 헌터들을 조사하기 위해 파견된 배경을 설명했다.

그리고 나서 고블린 던전에서 갇혀 있던 헌터들을 구출한 뒤, 고블린에게 끌려간 헌터들을 찾아 던전의 더욱 깊은 곳으로 향했다고 덧붙였다.

마지막으로 폭주한 재식을 제압했고, 그 과정에서 크게 상처 입은 재식을 협회 본부의 집중 치료실로 데려온 것으로 마무리 지었다.

"그래서 널 이곳으로 데려왔지. 그런데……."

수연은 이야기하다 말고, 잠시 재식을 노려보듯 쳐다보았다.

수연이 재식을 이렇게 쳐다보는 이유는 다름 아니라, 재식이 보유한 유전자 때문이었다.

중급 헌터인 재식이 각성 헌터가 아닌 시술 헌터란 것은 남부 지부에서 제공한 서류에서 확인했다.

그런데 헌터 본부에서 정밀 검사를 진행한 결과, 재식이 시술받은 유전자가 몬스터의 것이라는 것을 밝혀냈다.

헌터 본부에서는 그 유전자를 추출해 몬스터의 종류를 알아내려 했다.

하지만 몬스터 유전자 샘플이 없는 협회는 재식이 이식받은 유전자가 어떤 몬스터의 것인지 구별할 수가 없었다.

이에 대해 전해 들은 최수연은 어쩌다 재식이 몬스터 유전자를 이식받았는지 궁금해졌다.

예전에는 일부 돈 없는 헌터들이 제약 회사의 신약 테스터처럼 몬스터 유전자 시술 시험에 지원하는 경우가 있었다.

하지만 이는 이미 몇 년 전의 일이었다.

몬스터 산업이 한창 발전할 당시, 높은 위험 등급의 몬스터가 출몰하면서 맹수의 유전자뿐만 아니라, 보다 강력한 유전자 앰플이 요구되었다.

이에 수많은 제약사들이 몬스터 유전자 앰플에 관심을 보이며 실험을 진행했다.

하지만 맹수의 유전자 앰플도 부작용이 심한 상황에서, 그보다 흉폭한 몬스터의 유전자로 앰플을 만드는 것은 아무리 유전 공학이 발전했더라도 불가능한 일이었다.

게다가 맹수에 비해 알려진 것이 별로 없는 몬스터의 유전자는 미지의 분야였다.

그럼에도 연구자들은 인간의 유전자와 몬스터 유전자 간에 흡사한 부분을 추출하는 데까지는 성공했다.

그때만 해도 유전학자나 유전자 코디네이터들은 크게 흥분했고, 정부도 이것을 무척이나 고무적으로 생각했다.

그러나 결론을 말하면, 몬스터 유전자 시술 실험은 실패로 돌아갔다.

동물 실험에서는 성공했지만, 인간을 대상으로 하는 실험은 모조리 실패하고 말았다.

어찌 된 것인지 인간을 대상으로 한 실험에서는 하나같이 시술받은 몬스터 유전자에 적응하지 못하고 폭주를 일으켰다.

유전자 시술 초기에도 맹수 유전자 시술의 부작용으로 폭주한 군인들로 인해 많은 피해가 발생했었다.

그러나 몬스터 유전자를 시술받은 헌터가 난동을 부리며 발생한 피해에 비하면 새 발의 피에 불과했다.

하지만 인간의 욕심은 끝이 없었다.

엄청난 피해가 발생할 것이라는 걸 빤히 알면서, 몬스터의 유전자에 깃들어 있는 폭력성이 맹수 이상이라는 것을 알면서도 실험을 강행했다.

그러나 시간이 지나면서 천문학적으로 들어간 연구비가 아까워 연구를 계속하던 제약 회사들이 가능성 없는 일에 더 투자하는 걸 포기하고 떨어져 나갔다.

그 후엔 몬스터 유전자의 폭력성을 잡는데 실패한 연구소들이 포기를 선언하며 손을 놔버렸다.

물론, 거듭된 실패에도 불구하고 연구를 계속해 성과를 이뤄낸 제약사나 연구소가 없지는 않았다.

몬스터 유전자를 인간에 맞게 폭력성을 조절하는 데 성공했다고 주장한 곳도 있었다.

그러나 그 긴 세월 동안 맹수 유전자에 대한 연구는 월등하게 앞서나간 상태였다.

즉, 몬스터 유전자를 연구해 가져오려던 힘보다 맹수 유전자로 얻을 수 있는 힘이 커진 셈이었다.

그러다 보니 몬스터 유전자 연구는 사실상 하나 마나한 연구로 전락하고 말았다.

그 뒤로 절대 다수의 제약 회사들은 안정성이 확보된 맹수 유전자 연구를 진행하는 것으로 목표를 바꿨다.

그런데 재식이 유전자 시술을 받은 건 불과 1년도 지나지 않은 일이었다.

이미 몬스터 유전자 연구가 중단된 지 한참 지난 후에 시술을 받은 것이 정상적인 일은 아니었다.

재식이 몬스터 유전자를 시술받은 헌터라는 게 밝혀지자, 이는 헌터 협회 수뇌부들에게 보고가 올라간 상황이었다.

재식은 아직 알지 못하지만, 헌터 협회 내에서 그는 요주의 인물로 분류돼 관심을 받는 중이었다.

그도 그럴 것이, 재식 이전에 몬스터 유전자를 시술받은 헌터들이 이성을 잃고 폭주한 사례들이 빈번했기 때문이다.

어떤 몬스터의 유전자를 시술받았든, 몬스터의 강약에 상관없이 언젠간 이성을 잃고 날뛰는 건 마찬가지였다.

때문에 그들은 실험실 밖으로 나가보지도 못하고 현장에

서 사살되거나 붙잡혀 특수 시설에 수용되었다.

그에 반해 재식은 몬스터의 유전자를 시술받았음에도 불구하고 폭력성을 보이지 않고 멀쩡한 정신을 유지하는 것은 물론, 멀쩡히 헌터 일을 수행하고 있었다.

사실 어떻게 보면 재식은 절반의 성공뿐인 하자를 가지고 있지만, 학술적으로나 헌터 산업 측면에서 무척이나 가치 있는 존재였다.

그러나 재식을 시술한 게 김태원의 독단으로 시행된 데다, 생체 실험을 진행한 성신 제약은 급하게 사건을 덮는 데 급급했다.

그러다 보니 재식에 대한 평가가 제대로 진행되지 못했다.

어쩌면 시술을 주도한 김태원은 재식의 가치를 알고 있었을지도 모른다.

그렇기에 말도 안 되는 실험을 계속해서 감행했던 것이리라.

하지만 이유야 어찌 됐든 그는 욕심에 눈이 멀어 체계적인 실험을 계획하지 않았다.

맹수의 유전자 시술이라며 재식을 속이고 생체 실험을 했으니, 첫 단추부터 잘못 끼운 것이다.

그러다 보니 성신 길드 입장에서는 재식을 품기보단 협박하고 비밀을 묻는 것으로 자신들의 실수를 덮었다.

이러한 성신 길드의 노력이 이번 사건으로 세간에 알려지게 된 셈이니, 수포로 돌아갈 것은 빤해 보였다.

이런 여러 사정 때문에 재식과 함께 구출된 프리랜서 헌터들과 팀 유니콘의 제5전대 인원들도 통상적인 조사가 아닌, 심도 깊은 조사를 받게 되었다.

협회 본부는 새로운 타입의 헌터가 등장했음에 재식에 대한 관심이 커질 수밖에 없었다.

그런 상황에서 재식은 정신을 차리면서 집중 치료실에 설치된 치료기 하나를 부숴 버렸다.

물론 완전 폐기할 정도는 아니었다.

부서진 강화유리와 흘러나온 수용액을 제거하는 조금 복잡한 과정이 필요하겠지만, 어찌 됐든 망가진 기계는 고쳐 쓸 수 있을 것이다.

다만 이것을 빌미로 헌터 협회에서 재식에게 어떤 요구를 할지는 아직 미지수였다.

"그런데 너 어쩌다 몬스터 유전자를 시술받게 된 거야?"

최수연은 단도직입적으로 재식에게 질문을 던졌다.

재식이 깨어났으니 조만간 조사를 받게 될 텐데, 그 전에 자신이 궁금해하던 점들을 알고 싶었다.

"누나, 죄송하지만 그건 말씀드릴 수 없어요."

재식은 곤란하다는 표정을 지어 보이며 뒷목을 긁적였다.

"아니, 왜? 무슨 문제라도 있는 거야?"

"음… 보안 서약을 했기에 대답해 드릴 수가 없어요."

'보안 서약?'

재식의 말에 최수연은 한동안 아무런 말도 하지 않고 누구와 보안 서약을 했을지 궁리했다.

그러다 문득 떠오르는 것이 있었다.

남부 지부의 요청으로 방문했을 때, 최수연은 재식의 프로필을 확인했다.

'성신 길드! 맞아, 분명 재식이 작년에 잠깐 몸담은 길드가 바로 성신이었어. 그리고……'

수연은 재식이 헌터 길드 가입 후 사망이 아닌 사항으로 탈퇴하는 헌터들의 평균 기간보다 훨씬 짧은, 아니, 길드 적응 기간에도 미치지 못하는 3개월 만에 나온 것에 대해 집중했다.

5년이라는 짧지 않은 시간이 흐른 뒤 다시 보는 것이지만, 그녀가 기억하기에 재식은 절대 무책임한 성격의 아이는 아니었다.

집안 형편 때문인지 여느 아이들보다 목표 의식이나 책임감이 남달랐다.

그걸 지켜보던 수연은 간혹 자신에게 남자 친구가 생긴다면 재식처럼 책임감도 있고, 목표 의식이 뚜렷한 사람이면 좋겠다는 생각을 하기도 했다.

사실 이번 남부 지부의 지원 요청을 받아들인 것도 재식이 휘말린 사건이라는 걸 알기 때문이었다.

당초 수연은 실종 헌터 조사 임무를 다른 부서로 떠넘기려 했다.

실종된 헌터 명단에 자신이 아는 이름을 발견하지 못했다면 말이다.

남부 지부에 방문하기는 했지만, 그건 거절하기 위해 간 것에 불과했다.

하지만 우연히 재식의 사진을 발견했고, 이번 일을 덜컥 맡은 것이었다.

'그때만 해도 시신이라도 찾을 수 있다면 좋겠다고 생각했지만……'

수많은 헌터들이 각종 원인으로 인해 실종이 된다.

그중 가장 흔하고 많은 케이스가 던전에 들어갔다가 실종되는 것이다.

그리고 그런 경우는 이미 사망했다고 봐도 좋았다.

몬스터에 의해서든, 다른 헌터에 의해서든 살아 있을 가능성이 아주 낮기 때문이었다.

생각보다 헌터들간의 다툼으로 사망하는 경우도 굉장히 흔했다.

그도 그럴 것이, 헌터라고 모두 같은 편은 아니었다.

이윤을 목적으로 몬스터를를 사냥하고 던전을 탐사하는 직업이 헌터다.

그러니 더 큰 이윤을 위해 같은 헌터를 공격해 죽이는 이들도 존재했다.

겉으로 보기에는 똑같은 헌터지만, 방심하다 당하는 경우가 부지기수였다.

그렇기 때문에 만약 헌터를 상대로 범죄를 저지르게 되면, 철저한 조사를 거쳐 정당한 사유가 없을 경우 엄벌에 처해졌다.

이는 헌터가 가진 특수성 때문인데, 헌터는 누가 뭐라 해도 인류의 적인 몬스터를 사냥하는 존재들이다.

비록 이들이 이윤을 추구하지만, 본질적인 목표는 몬스터를 잡는 데 있었다.

그러니 다른 헌터를 해치는 행위는 인류 전체의 안전을 위협하는 배신 행위라고도 볼 수 있는 것이다.

'에휴, 성격 급한 걸 고쳤다고 생각했는데…….'

최수연은 던전에서 재식을 그런 헌터라고 여기고 공격하고 말았다.

그를 구하기 위해 임무를 맡았는데, 정작 던전에서는 자신의 손으로 죽일 뻔했다는 게 아이러니했다.

수연은 마음 한편으로 재식에게 빚을 진 듯한 느낌을 지울 수가 없었다.

그래서 뭔가 재식에게 도움이 될 만한 일이 없을까 고민해 보았다.

느낌상 성신 길드와 얽혀서 보안 서약을 한 것까지는 맞을 것 같았다.

'하필 성신이라니…….'

최수연은 인상을 잔뜩 찌푸렸다.

성신 길드는 비록 길드 랭킹은 낮지만 괴물이 하나 있었다.

헌터 레벨만으로는 측정이 불가능한 존재인 백강현 길드장이었다.

사실 백강현과 최수연의 헌터 레벨은 그리 차이가 나지 않았다.

백강현의 헌터 레벨은 65인 최수연보다 겨우 3레벨 높은 68이었다.

등급으로도 같은 7등급이고, 이 정도 레벨에서 3레벨 정도는 그렇게 큰 차이도 아니었다.

그럼에도 힘의 격차는 하늘과 땅만큼이나 컸다.

심지어 최수연은 아직 한계가 얼마인지 알 수 없는 각성 헌터이고, 백강현의 경우 그녀와 반대로 한계가 뚜렷한 시술 헌터인 데도 그랬다.

하지만 이것은 대외적으로 알려진 것일 뿐이고, 사실 백강현은 시술 헌터이면서도 각성 헌터였다.

한계가 분명한 시술 헌터이면서도 천부적인 재능과 독기로 백강현은 60레벨 이상의 7등급 헌터가 되었다.

그리고 한국에 나타난 위험 분류 7등급의 거미 여왕을 레이드하는 과정에서 각성을 했다.

그 뒤로 백강현은 대한민국에 단 두 명뿐인 S급 각성 헌터가 되었다.

S급은 특별하다는 뜻의 영어 단어 스페셜에서 따온 것으로, 같은 등급에서는 보일 수 없는 능력을 보유한 헌터들을 따로 분류한 것이었다.

이전에 있던 S급 헌터는 각성 헌터로 두 개의 속성을 가진 헌터였다.

그런데 백강현은 시술 헌터이면서 한계를 뛰어넘어 속성을 각성한 것이다.

백강현은 일본의 야마타노 오로치를 레이드 할 때 선보인 것처럼 손톱에서 푸른 빛줄기, 무협 소설에서 이야기하는 강기와 같은 것을 두를 수 있게 되었다.

그 후로 S급 헌터가 세 명 더 등장했지만, 백강현은 대한민국에 존재하는 근접 딜러 중 가장 강력한 공격력을 가진 헌터의 입지를 잃지 않았다.

이 때문에 일각에서는 백강현이 다른 네 명의 S급 헌터를 능가하는 것이 아닌가 하는 말까지 나올 정도였다.

그도 그럴 것이, 백강현은 벌써 두 번이나 위험 분류 7등급의 몬스터를 잡았다.

게다가 그중 하나는 위험 분류 8등급이 아니냐는 의심을 받던 아마타노 오로치였다.

그러니 같은 S급이라도 실적이 있는 백강현이 더 강한 것이라 주장하기에 충분했다.

그런데 더 이상한 것은, 세간에서 이런 말이 떠돌고 있음에도 다른 S급 헌터들은 이에 대해 어떠한 성명도 발표하지 않았다는 것이다.

그러다 보니 백강현이 최강이란 소문은 단순한 주장에 그치지 않고 기정사실로 받아들여지는 분위기였다.

그런 백강현이 길드장으로 있는 성신 길드가 요즘 규모를 키우고 있었다.

덕분에 작년 겨울부터 한국의 길드 랭킹이 요동치는 중이었다.

이러한 사실을 알기에 최수연은 더 이상 재식에게 사정을 물을 수가 없었다.

하지만 헌터 협회는 다를 것이다.

자신이야 일개 헌터일 뿐이니 비밀 서약이나 침묵 서약 등으로 불리는 보안 서약에 대해 물을 수 없지만, 대한민국에 존재하는 모든 헌터에 대한 지휘 관리할 수 있는 권한을 가진 헌터 협회라면 이야기가 달랐다.

이는 법으로 정해져 있는 사항이니, 길드와 보안 서약을 했다하더라도 대한민국 치안과 안전에 관한 사항이라면 이를 강제할 수 있었다.

그런 과정을 통해 협회에서 재식의 사정에 대해 알아낸다면 어차피 자신도 이를 열람할 수 있기에 수연은 더 이상 재식에게 몬스터 유전자를 시술받은 경위에 대한 질문을 하지 않았다.

"그런데 너 참 대단하다."

"네?"

느닷없는 수연의 말에 재식은 의아한 표정이 되었다.

"너, 네가 깨고 나온 집중 치료기가 얼마나 단단한 물건인지 모르는 거야?"

수연은 재식이 깨고 나온 집중 치료기의 강화유리에 대한 설명을 들려주었다.

"네가 깬 강화유리의 강도는 위험 분류 5등급 몬스터의 공격에도 버틸 수 있게끔 고안된 거야."

"네? 그게 정말이에요?"

"물론, 이건 외부에서 압력을 받았을 때를 말하는 거고, 넌 내부에서 깨고 나왔다는 것이 다른 점이지만… 그래도 그것만으로도 대단하지."

수연의 설명처럼 집중 치료기에 사용된 강화유리의 강도는 15,000톤의 압력에도 견디도록 설계된 것이었다.

'차콥의 마력 접목 마법진이 성공한 건가?'

애초에 그는 몬스터 유전자를 시술받으면서 반쪽짜리 중급 헌터가 되었다.

반쪽뿐인 성공으로 유전자를 활성화시키면 체력이 급속도로 떨어지는 문제가 따라붙었다.

그러니 집중 치료기의 강화유리를 깨고 나올 정도의 힘을 사용했다면 체력이 방전돼 녹초가 되었어야 정상인데, 지금 그는 아무렇지도 않았다.

아니, 그 정도가 아니라 지금도 힘이 넘쳤다.

지금이라면 혼자서도 4등급 몬스터 정도는 충분히 상대할 수 있을 것만 같았다.

그중에서도 재식을 가장 애먹인 자이언트 스콜피온이나 칼콘의 각질도 충분히 뚫을 수 있을 것 같다는 자신감이 들었다.

재식은 완전히 새로 태어난 기분이었다.

9. 조사

한창 이야기를 나누던 재식은 누군가 곁으로 다가오고 있다는 걸 감지했다.

'음, 뭐지?'

재식은 기척이 느껴지는 곳으로 고개를 돌렸다.

검은 정장을 입은 사내가 빠른 걸음으로 재식과 최수연을 향해 걸어오는 걸 확인할 수 있었다.

척.

그는 테이블 옆에 와서 섰다.

재식은 처음 보는 남자를 물끄러미 올려다봤다.

그는 이종욱을 취조하던 감찰관 최도형이었다.

"무슨 일이죠?"

최수연이 조금은 차가운 목소리로 물었다.

그런 최수연을 잠시 내려다본 최도형은 고개를 돌려 재식을 쳐다보았다.

그러더니 다시 최수연을 바라보며 입을 열었다.

"최 전대장, 용의자가 깨어났으면 상부에 보고부터 해야 하는 것 아닙니까? 그런데 이게 뭡니까?"

"최 감찰관님, 이 사람이 어째서 용의자가 될 수 있는 거죠?"

최수연은 자신을 타박하는 최도형에게 영문을 모르겠다는 표정으로 되물었다.

하지만 최도형은 재식이 몬스터의 유전자를 보유한 것을 알게 됐고, 아직 재식의 범행 증거를 찾지는 못했지만 잠정적으로 범죄를 저지른 헌터라 판단했다.

그가 이런 생각을 가진 이유는 현재 국내에서 몬스터 유전자를 시술받는 것은 불법으로 규정하고 있기 때문이었다.

제약 회사와 연관 있는 길드의 연구 목적 시술이라는 예외 조항이 있지만, 현재 재식에게는 해당 사항이 없는 이야기였다.

비록 성신 길드라는, 현재 떠오르는 대형 길드에 잠깐 소속되어 있기는 했지만, 무슨 이유에서인지 불과 3개월 만에 쫓겨났다.

최도형은 단순히 재식이 뭔가 길드에서 잘못을 저질러 쫓겨났다 단정했고, 이번 고블린 던전 사건은 재식이 불법적으로 몬스터 유전자를 시술받아 벌어진 사건이라 판단했다.

가장 수상한 것은 이번 미발견 게이트의 신고자가 재식이라는 점이었다.

최도형은 이미 마음속에서 재식을 용의자로 확정했다.

하지만 이는 전적으로 독단적으로 판단한 개인 의견에 불과했다.

그럼에도 최도형은 자신이 생각한 것이 사실인양, 재식을 범법자 내지는 인류의 적으로 바라봤다.

"조사하면 다 나옵니다."

최수연의 물음에 최도형은 단호하게 대답했다.

그러고 나서 재식에게 시선을 돌려 강압적으로 말했다.

"따라와."

"뭐라고요?"

"못 들었나? 따라오라고."

최도형의 말에 재식은 피식 실소하고 말았다.

"내가 왜 당신을 따라가야 하지?"

자신보다 나이가 많아 보이는 최도형이지만, 재식은 그의 무례한 모습에 더 이상 그를 대우해줄 필요 없다 판단하고 존칭을 생략했다.

"뭐? 다시 한 번 말해봐!"

최도형은 범죄자인 재식이 자신에게 반말을 하자 인상을 찌푸리며 소리쳤다.

"귀가 막혔나? 내가 왜 당신의 말을 따라야 하냐고."

재식은 자신을 벌레 보듯 쳐다보는 최도형의 눈빛에 지지 않고 같잖다는 듯 코웃음을 쳤다.

재식은 몸 안에서 들끓는 마력 덕분에 자신감이 흘러넘쳤다.

그런데 이런 현상은 재식의 심장에 새겨진 마력진에 사용된 오크의 마정석 때문에 발생한 일종의 부작용이었다.

투쟁심이 강한 몬스터인 오크의 경우, 자신보다 월등히 강한 존재라 하더라도 물러서지 않는 성향을 가진 몬스터였다.

그중에서도 오크 전사의 마정석이 재식의 심장에 자리를 잡았기 때문에 투쟁심에 반응해 더욱 강하게 마력을 뿜어내는 중이었다.

그렇기에 재식이 평소와 다른 태도를 보이는 것이었다.

"난 협회의 의뢰를 받아 실종된 헌터들을 찾아 던전에 들어갔다가 몬스터에게 부상을 당해 정신을 잃었어. 그러고 나서 다시 깨어난 곳은 이곳의 치료실이었지. 그게 전부인데, 뭘 더 조사하겠다는 거야?"

말을 마친 재식은 목이 마르지도 않으면서 여유를 보이기 위해 테이블 위에 놓인 음료수를 한 모금 마셨다.

그런 재식의 모습에 최도형의 눈이 분노로 붉어졌다.

하찮은 일개 헌터 주제에 협회 소속의 감찰부 직원인 자신의 앞에서 이런 건방진 태도를 보이는 것에 분노한 것이었다.

더욱이 그가 보기에 재식은 범죄자였다.

그는 범죄를 저지른 헌터에게 가차 없는 것으로 유명했다.

그런 그에게 재식은 하찮은 벌레가 주제도 모르고 날뛰는 것으로 보일 뿐이었다.

"하! 조사해 보면 알겠지. 일단 따라와라! 이건 헌터들의 비위를 조사할 권한을 가지고 있는 헌터 협회 감찰부 감찰관으로서 하는 말이다."

자신을 향해 날을 세운 재식을 보며 최도형은 같잖다 생각했다.

꼴에 중급 헌터랍시고 기세를 올리는 재식의 모습이 가소로운 최도형이었다.

헌터를 감찰하며 서로 마주보는 상황에 놓이는데, 그건 감찰 대상인 헌터를 충분히 제압할 자신이 있다는 의미이기도 했다.

재식의 헌터 레벨이 겨우 40이라는 걸 이미 확인한 뒤라 꿀릴 게 없었다.

비록 감찰관이라 몬스터 헌팅을 나가지 않는 최도형이지만 한때는 헌터로서 현장에서 몬스터를 상대로 활약하던 시절이 있었다.

지금은 현장에 나가지 않아 레벨을 더 올리지 못했지만,

40레벨의 시술 헌터 정도는 충분히 제압할 자신이 있었다.

그 또한 시술 헌터로서 50레벨이기 때문이다.

그리고 감찰관으로서 불법을 저지른 헌터를 강제할 수 있는 권한이 있기에 더욱 자신감이 넘쳤다.

그러니 재식의 도발은 최도형이 보기에 하룻강아지 범 무서운 줄 모르고 날뛰는 것으로 비춰질 뿐이었다.

"최도형 감찰관, 그럼 출석 요구서부터 보여주세요."

최수연은 두 사람이 금방이라도 충돌하려 하자 보다 못해 나서서 말을 꺼냈다.

감찰관인 최도형의 경우, 헌터 협회 내의 평가는 극단으로 갈렸다.

일을 잘한다고 평가하는 부류가 있는 반면, 무리한 강압 수사로 물의를 일으키기만 한다는 평가도 있었다.

실제로 그의 강압 수사로 인해 몇 차례 문제가 일어난 적이 있었다.

문제 자체는 협회 차원에서 덮었지만, 그로 인해 최도형은 징계를 받기도 했다.

그럼에도 최도형은 징계가 풀리자마자 자신의 행동을 후회하지 않는 것처럼 계속해서 문제를 일으켰다.

다만, 실적이 우수해 헌터 협회는 그를 함부로 징계 내리거나 파면할 수가 없었다.

더욱이 그의 뒤에는 헌터 협회 부회장이란 든든한 방패막

이가 있었다.

최도형을 징계 처리하기 위해선 그만큼 확실한 증거가 있어야 하지만, 최도형도 몇 차례 징계를 받으며 백그라운드인 부회장에게 질타를 받은 뒤로는 머리를 썼다.

딱 사고가 터졌을 때, 부회장이 지켜줄 수 있을 만한 선을 지키며 아슬아슬한 줄타기를 했다.

아직 그 한계를 아슬아슬하게 넘지 않았지만, 재식을 대하는 태도를 보면 아무래도 오늘 그걸 넘을 것으로 보였다.

그래서 최수연이 앞으로 나선 것인데, 최도형은 그런 최수연의 반응이 더 마음에 들지 않았다.

사실 그는 최수연과 같은 각성 헌터에 대한 자격지심을 가지고 있었다.

아무리 열심히 몬스터를 사냥해도 시술 헌터는 한계가 뚜렷했다.

하지만 최도형은 그것에 불만을 가진 게 아니었다.

그는 같은 레벨의 헌터임에도 헌터 협회나 사회 전반적으로 시술 헌터와 각성 헌터의 대우가 다르다는 것이 불만이었다.

그렇기 때문에 최도형은 몬스터 헌터가 아닌 범죄를 저지르는 헌터를 상대하는 감찰관이 되었다.

범죄를 저지르는 헌터 중에는 자신을 무시하던 각성 헌터도 있기 때문이었다.

최도형은 자신을 무시하던 각성 헌터들이 범죄를 저질렀을 때, 그들을 처벌하는 것에 희열을 느끼며 지금에 이르렀다.

그러니 지금 최수연이 자신의 일에 끼어드는 것이 몹시 마음에 들지 않았다.

"난 감찰관으로서 내게 주어진 임무를 충실히 수행하는 겁니다. 이는 최 전대장이 나설 문제가 아니란 말입니다."

자신의 일에 끼어드는 최수연의 모습에 최도형은 확실하게 선을 긋고는 재식을 돌아보며 말했다.

"난 헌터 협회 소속 감찰관이고, 넌 내 조사에 응해야만 할 의무가 있다. 지금……."

"그러니까 내가 무엇 때문에 조사를 받아야 하는지 이유도 모르고 당신 말을 따라야 한다는 소린가? 난 그러고 싶지 않은데?"

최도형이 안하무인으로 나오는 것에 열 받은 재식이 그의 말을 중간에서 끊고 말을 꺼냈다.

"날 조사하고 싶으면 정당하게 소환장을 가지고 와서 말해!"

최도형이 맘에 들지 않은 재식은 최수연이 건넨 힌트를 사용해 버럭 소리를 질렀다.

재식은 성신 길드와는 또 다른 의미로 최도형이 악역으로 얽힐 것이란 예감이 들었다.

*　　　*　　　*

탕!

최도형이 책상을 내려치며 소리쳤다.

"똑바로 말 안 해!"

기어코 소환장을 발급받아 온 그는 재식을 취조실로 끌고 왔다.

그런데 자신의 조사에 삐딱한 자세로 일관하는 재식의 모습에 최도형은 화가 머리끝까지 뻗치고 말았다.

그는 시큰둥한 말투로 대답하는 재식의 행동에 얼굴이 붉게 달아올라 터지기 직전이었다.

하지만 최도형이 어떤 표정을 지어 보이든, 귀가 터져라 고함을 지르든 재식의 반응은 바뀌지 않았다.

최도형은 미처 알지 못했다.

자신이 이렇게 강하게 나가도 재식이 보기에는 겁먹은 개가 자신의 집 안에 들어가 짖어 대는 것과 하등 다르지 않다고 여긴다는 것을.

재식은 7등급인 S급 헌터인 백강현의 무시무시한 살기를 정면으로 접한 적도 있었다.

그에 비하면 지금 앞에 앉아서 자신에게 고함을 내지르는 최도형은 강아지 축에도 들지 못했다.

그러니 아무런 잘못도 없이 강압적인 조사를 받는 지금,

재식은 굳이 그에게 협조적으로 응해줄 마음이 티끌만큼도 없었다.

탕!

"똑바로 앉지 못해!"

재식이 자신의 조사에 협조적이지 않다는 걸 아는 최도형은 재식의 앉아 있는 자세까지 트집을 잡아 댔다.

"난 이게 편하니까, 물어보고 싶은 걸 물어보세요."

최도형의 말에 재식은 그를 쳐다보지 않고 삐딱한 자세로 딴짓하며 답변했다.

"하, 자꾸 이렇게 비협조적으로 나오면 좋지 않아!"

최도형은 급기야 협박성 발언까지 날렸다.

삐!

[최 감찰관! 방금 한 말은 문제의 소지가 충분한 발언입니다. 조심하시오.]

조사실 천장 구석에 달린 스피커에서 그를 질책하는 말이 들려왔다.

지금 재식이 조사받는 취조실 한쪽 벽은 취조실 내부를 볼 수 있는 구조로 만들어진 가짜 벽이었다.

취조실에서는 그 비밀 공간이 보이지 않지만, 벽 너머에서는 최도형이 취조하는 모습을 모두 보고 들을 수 있었다.

잠시 그러한 사실을 깜빡할 정도로 화난 최도형이 실수를 저지른 것이었다.

"하아, 이봐요, 정재식 헌터. 언제까지 이러고 있을 겁니까?"

"글쎄요. 밥도 꼬박꼬박 주겠다, 저는 휴가라 생각하고 조금 더 있어도 됩니다."

덜컹!

재식을 다시 몰아치기 위해 최도형이 분위기를 잡으려 할 때, 취조실의 문이 열리며 누군가가 들어왔다.

"최 감찰관, 그만 나와."

"차장님!"

감찰부 차장인 백민수는 화난 표정으로 최도형을 보며 아무런 대답도 하지 않았다.

그저 그가 빨리 취조실에서 나올 것을 무언으로 재촉했다.

백민수는 취조 시작부터 지금까지 최도형이 보인 태도를 지켜봤다.

그렇기에 백민수는 최도형이 재식에 대한 조사를 맡겨둬선 안 되겠다는 판단을 내리게 되었다.

지극히 비효율적인데다 취조를 받는 재식에 대한 막연한 적대감까지 드러나니 십중팔구는 사고가 날 게 빤했다.

백민수는 협회 직속 헌터 팀의 전대장 중 한 명인 최수연에게 미리 이야기를 듣기야 했지만, 냉철한 이성으로 아무런 사감 없이 조사에 임해야 할 감찰관의 본분을 최도형이 잘 지킬 것이라 믿었다.

하지만 자신의 판단이 잘못됐다는 걸 금세 알 수 있었다.

최도형은 취조실에서 끌려 나간다는 것에 수치심을 느꼈다.

하지만 상급자의 지시를 무시할 수는 없었다.

"…알겠습니다."

최도형은 어쩔 수 없다는 걸 깨닫고는 마지못해 취조실을 나섰다.

그러면서도 취조실 의자에 삐딱하게 앉아 있는 재식을 한 번 노려보는 것을 잊지 않았다.

쾅!

재식을 취조하는 것에서 배제된 최도형은 자신의 불만을 내보이기라도 하듯 세게 문을 닫고 나갔지만, 백민수는 그런 것에 눈도 깜빡이지 않고 재식의 앞에 앉았다.

그런 백민수의 모습에 재식은 조금 전까지 삐딱하니 앉아 있던 자세를 고치며 새로 온 감찰관인 백민수를 쳐다봤다.

"조사 과정에서 불미스러운 점이 없잖아 있었는데, 일단 그것에 대한 사과를 드리겠습니다. 죄송합니다."

자신보다 한참이나 어린 재식을 보면서도 백민수는 정중하게 사과를 건넸다.

비록 자신이 잘못한 것은 아니지만, 자신의 밑에 있는 최도형이 무례를 저질렀기에 사과하는 것이었다.

그런 백민수의 모습에 재식은 눈을 반짝였다.

'조금은 다른 사람인가? 아니면 착한 역할을 맡아 내게

정보를 알아내기 위한 연기일 뿐일까?'

재식이 자신의 사과에 고개를 갸웃거리는 것에 쓰게 웃은 백민수는 일단 조사할 것이 있기에 이야기를 꺼냈다.

"사과를 드렸으니, 조사에 들어가기 전에 자세를 좀 바르게 해주시겠습니까? 그게 상호간에 예의니까요."

"뭐, 서로 예의를 지킨다면 저도 좋죠."

조금 전 최도형과는 다른 모습을 보이는 백민수의 모습에 재식도 흔쾌히 조사에 협조하자 마음먹고 자세를 고쳐 앉았다.

비밀의 방에서 그런 재식의 모습을 확인한 최도형이 인상을 와락 구겼다.

그러다가 최도형은 옆에서 취조를 지켜보는 인물이 있다는 것을 상기하고는 표정을 관리했다.

그 인물은 다름 아닌 최수연이었다.

"최 전대장이 여긴 무슨 일로 있는 거지?"

감찰부 시설인 취조실에 직할대 소속인 당신이 왜 있느냐는, 그의 불만이 숨겨지지 않은 채 겉으로 드러난 말이었다.

"그거야 그쪽이 더 잘 알지 않나요?"

최수연은 최도형의 물음에 별거 아니란 듯 대답하며 유리 벽 너머 취조실을 주시할 뿐이었다.

그런 최수연의 모습에 최도형의 인상은 그 어느 때보다 더 사납게 변했다.

"옆에서 씩씩거릴 거면 좀 나가 주시겠어요? 취조 시작
했는데, 그쪽 때문에 잘 들리질 않네요."

최수연의 말에 최도형은 이를 악물고 취조실 안을 바라봤
다.

"정재식 헌터."

백민수는 재식을 마주보며 차분한 어조로 물었다.

"갱신한 데이터에 몬스터의 유전자 시술을 받은 것으로
되어 있는데, 맞습니까?"

"네. 그렇습니다."

재식은 성신 길드에서 훈련받을 때 신고한 것이기에 사실
그대로 대답했다.

어차피 태블릿 컴퓨터를 켜놨으니 자신에 대한 데이터를
보고 있을 것이다.

거짓말할 이유도 없고, 해봐야 들킬 게 빤한데 뭐 하러
숨기겠는가.

"어떤 경로로 몬스터의 유전자를 시술받게 된 것입니
까?"

비록 신고하기야 했지만 사적으로 몬스터의 유전자를 시
술받는 것은 불법이기에 백민수는 혹시나 싶어 몬스터의 유
전자 시술을 받은 곳에 대해 물었다.

"그것은 시술 당시 헌터 협회에 이미 신고한 바 있습니
다."

"아, 그렇군요."

재식의 정보가 올라온 창을 읽다 보니 길드 항목에 지금은 붉은 색으로 탈퇴 인장이 찍혀 있지만, 그 밑에 성신 길드라고 적혀 있는 것을 볼 수 있었다.

"성신 길드에 있었군요. 그런데 무슨 일로 탈퇴를 한 것입니까?"

성신 길드라면 요즘 한창 뜨고 있는 길드다.

원래도 30위권의 대형 길드지만, 길드장인 백강현이 대한민국에 다섯 명뿐인 S급 헌터라 유명세는 충분했다.

사실 길드 규모를 늘리지 않아 30위에 머물고 있던 것이지, 전투력만 측정했다면 성신 길드는 진작 10위권에 충분히 들었을 길드다.

실제로 일본에서 나타난 위험 분류 7등급의 몬스터, 야마타노 오로치를 잡는 데 성공한 뒤로 길드 규모를 무섭게 늘리고 있어서 기존 길드 랭킹 10위권의 길드들을 압박하는 중이었다.

아마 조만간 성신 길드는 새롭게 10위권에 진입하고 자리 잡을 것이 분명했다.

백민수는 예전부터 성신 길드의 성장 가능성은 충분했다고 판단했다.

재식도 길드에 남았다면 앞날이 창창했을 텐데, 탈퇴한 걸 이해하기 어려웠다.

"사실 제가 성신 길드를 탈퇴하게 된 것은 몬스터 유전자 시술 때문입니다."

"유전자 시술 때문이라… 그게 무슨 소리죠?"

뭔가 걸리는 것이 있는지 백민수는 재식의 대답에 눈을 반짝이며 재차 질문했다.

"그것까진 제가 차장님께 대답해 드릴 수가 없을 것 같습니다."

갑자기 재식이 답변을 거부하자 백민수의 표정이 굳어졌다.

"대답하지 못하겠다라… 혹시 그에 관한 비밀 서약이라도 하셨습니까?"

"맞습니다. 제가 3개월 만에 성신 길드에서 무사히 탈퇴할 수 있던 이유가 그것이라면 충분하지 않겠습니까?"

데이터를 살피던 백민수는 재식의 이야기를 듣고 자신도 모르게 고개를 끄덕였다.

어떤 길드도 가입한 헌터를 불과 3개월 만에 탈퇴시키지는 않는다.

뭔가 잘못했다면 길드가 손해 본 그 이상으로 갚게끔 아예 노예 계약에 가까운 강제 조항을 삽입해 재계약하는 경우도 있었다.

이런 일을 수사하는 것이 바로 헌터 협회 감찰부의 업무 중 하나였다.

그러다 보니 백민수는 재식이 성신 길드에 가입한 지 겨우 3개월 만에 탈퇴한 것에 의문을 가지고 있었다.

그런데 그게 재식이 받은 몬스터 유전자 시술과 연관이 있다면, 성신 길드에서 노예 계약을 하지 않고 자유롭게 풀어준 것은 그 자체만으로도 의미가 있다는 반증이었다.

아마도 데리고 있어 봐야 손해라 판단해 비밀 서약을 받고 풀어준 것으로 보였다.

"그건 그렇다 치고, 그럼 성신 길드를 나온 뒤에는 어떻게 지냈습니까?"

이윤을 추구하는 헌터 길드에서 버린 존재다.

그런 존재가 어떻게 헌터로 살아남았는지 궁금해지지 않을 수가 없었다.

"비록 시술이 실패했지만, 헌터로서 아주 쓸모가 없지는 않았습니다."

재식은 생체 실험을 받은 뒤, 성신 길드에서 자신에게 베푼 것들을 떠올려 봤다.

사실 그건 적선에 더 가까운 것들이었다.

자신들의 관리 소홀로 길드에 들어온 헌터가 생체 실험을 당했다.

왜 그런 일을 당했는지 겉으로 드러나지는 않았지만, 성신 길드의 고위 간부들은 어느 정도 눈치챘다.

성신 길드에 가입한 헌터는 유전자 변형 시술을 받을 때, 성신 제약 연구소를 통해 보다 안전한 시술을 받는다.

그 때문에 같은 유전자 앰플을 가지고 시술을 받더라도 성신 길드의 헌터들은 다른 헌터들 보다 맹수 유전자의 힘을 좀 더 끌어낼 수 있었다.

그런데 재식은 안정성이 확보된 맹수 유전자 앰플이 아닌, 실험실에 있는 몬스터의 유전자 앰플을 시술받았다.

그것만 봐도 재식이 정치적인 이유로 희생되었다는 것을 짐작할 수 있었다.

혹시나 그게 나중에 문제가 될 수 있으니 재식을 훈련시키고 성적을 매겨 자신들의 잘못이 아니라는 명분을 만든 것이다.

그래야 뒤탈이 없지 않겠는가.

만약 아무런 근거도 없이 무턱대고 재식을 자신들의 기준에 맞지 않는다며 쫓아냈다가 헌터 협회 감찰부에 투서라도 한다면, 분명 성신 길드에 좋지 않은 영향을 줄 수 있기 때문이었다.

백민수는 재식의 이야기를 들으면서 고개를 끄덕였다.

헌터 길드들이 불필요한 헌터를 쫓아낼 때 쓰는 방법을 그도 잘 알고 있었다.

초창기야 어수선한 때라 헌터 길드들의 폭정을 헌터 협회가 알아도 그것을 단속하지 못했다.

헌터 개인을 구제하기 위해 헌터 길드와 척을 지기에는 협회에서 해야 할 일이 너무도 많았다.

수시로 나타나는 차원 게이트를 처리해야 하고, 범죄를 저지른 헌터의 단속도 해야 했다.

뿐만 아니라, 게이트 브레이크가 발생하면 신속하게 출동해 국민들의 안전을 지켜야 할 의무가 있었다.

그래서 자신들의 일을 일부 덜어주는 존재인 헌터 길드를 통제하기보다는 방관할 수밖에 없었다.

하지만 시간이 흐르면서 헌터 길드의 갑질이 심해지자 헌터 협회도 두고 볼 수만은 없게 되었다.

헌터 협회에서 인력이 모자라 그냥 두고 보는 것에 불과했으나, 그들은 그게 권리라 여기며 점점 더 심한 갑질을 선보였다.

그럴수록 헌터 협회에 접수되는 헌터들의 진정서가 날로 늘어갔다.

헌터 협회는 효과적으로 헌터 길드를 통제할 수 있는 카드를 꺼내들었다.

그 일로 협회 소속 헌터들의 일이 많아졌지만 만반의 준비를 갖춘 상태였기에 헌터 길드를 대상으로 강경책을 쓸 수 있었다.

그건 바로 던전 출입 권한의 통제였다.

게이트 브레이크가 시급한 차원 게이트부터 신속하게 처리하고, 브레이크가 임박했더라도 위험 등급이 낮은 게이트의 경우 사전에 주변을 통제하고 프리랜서 헌터나 소규모 공대에 의뢰하는 방법으로 통제를 가했다.

차원 게이트가 통제당하자 헌터 길드의 갑질도 자연 줄어들게 되었다.

그도 그럴 것이, 헌터 길드도 이윤을 추구하는 기업이나 마찬가지이기 때문이었다.

다만, 그것이 물건을 만드는 제조업이나 식량을 재배하는 등의 기존 산업이 아니라, 인류의 적인 몬스터를 퇴치하고 몬스터가 나온 던전을 클리어하며 수익을 내는 것뿐이었다.

게다가 몬스터를 클리어한 던전을 개발해 새로운 광물을 찾거나 인류에 유용한 물질을 찾아 비싼 가격에 판매하며 천문학적인 수익을 거둘 수 있었다.

그런데 헌터 협회에서 잘못된 것을 반성하고 제대로 된 처우를 약속하지 않으면 던전에 출입할 수 없게 막아버리니, 헌터 길드로서는 백기 투항할 수밖에 없었다.

물론, 정책 시행 초기에는 헌터 길드도 반발하며 보이콧을 선언했다.

헌터 길드는 자신들의 도움이 없이 헌터 협회만으로는 날로 늘어나는 차원 게이트를 막지 못할 것이라 예상했다.

게이트 브레이크가 여기저기서 벌어지면 정부에서 협회 간부들을 처벌할 것이니, 시간이 문제지 조금만 참으로 헌터 협회가 자신들에게 항복할 것처럼 보였다.

그런 상황에서 좀 더 자신들에게 유리한 방향으로 합의를 보려 했다.

하지만 결과는 예상 밖으로 헌터 협회의 뜻대로 흘러갔다.

일단 길드에 가입되지 않은 프리랜서 헌터들의 협조가 길드의 예상을 뛰어 넘을 정도로 지대했다.

이는 그동안 헌터 길드들이 프리랜서들을 너무도 홀대하고 갑질을 벌인 결과였다.

고위험 등급 게이트는 사실 처리하지 못할 뻔했다.

당시 헌터 협회에 소속된 고레벨 헌터가 부족했기 때문이다.

그래도 다행히 국방부에 소속된 헌터 특수부대가 도움을 주면서 헌터 협회의 계획이 성공했다.

그 뒤로 많은 개선이 이뤄졌지만, 아직도 헌터 길드의 갑질은 여전했다.

그 정도가 예전보다는 못했지만, 더욱 교묘해진 것이 있어 헌터 협회라도 모든 것을 찾아내 처벌하는 건 힘든 일이었다.

"부작용이 심하지만, 적응하고 틈새시장을 노리니 욕심만 부리지 않으면 먹고사는 것에는 지장이 없더군요."

재식은 마치 깨달음을 얻은 현자처럼 지하철 던전을 전전하다 코볼트를 잡기 시작한 때의 이야기를 언급했다.

"하급 헌터 파티는 고블린에 비해 수익이 적기 때문에 잡지 않고, 중급 헌터는 시간 낭비에 불과한 몬스터를 발견했습니다.”

“아!”

백민수는 재식의 이야기에 감탄했다.

코볼트나 놀의 경우, 확실히 일반 헌터들에게는 수익이 좋은 몬스터가 아니었다.

중급 헌터들은 겨우 최하급 마정석을 품고 있는 코볼트나 놀을 잡을 이유가 전혀 없었다.

그것들을 잡을 시간에 오크나 그 이상의 몬스터를 잡는 것이 훨씬 이득이기 때문이었다.

오크의 마정석만 해도 코볼트가 가지고 있는 최하급 마정석에 비해 최소 서너 배 정도의 가격을 지니고 있었다.

같은 시간이면 오크를 잡는 것이 더 많은 돈을 만질 수 있으니, 닥치는 대로 모든 몬스터를 잡는 게 아닌 이상 코볼트와 놀을 사냥하지는 않을 터였다.

“그러다 중급 헌터 중 레벨이 낮은 헌터와 하급 헌터의 혼성 파티가 어떻게 알았는지 제가 있던 사냥터로 몰려오기 시작하더군요.”

“음.”

“그래서 다른 헌터 파티가 오지 않는 곳으로 사냥터를 옮기다 미발견 게이트를 발견하게 된 겁니다.”

“오, 관악산에서 발견된 그 미발견 게이트, 아니, 고블린 던전이 정재식 헌터가 신고한 것이라고요?”

"네. 아주 우연한 기회에 발견할 수 있었습니다."

재식은 백민수의 놀란 표정에 신이 난 것인지 빙그레 미소를 지어 보이며 대답했다.

백민수는 그런 재식의 모습에 아까 전 비밀의 방에서 최도형이 취조하던 모습이 떠올랐다.

그때는 최도형이 잘못하기는 했지만, 조사받는 재식도 그리 좋은 모습은 아니었다.

그 때문에 백민수는 사실 재식도 별로 좋게 생각하지는 않았다.

어찌 됐든 그보다 연장자에 협회 감찰관을 막 대하는 재식이 곱게 보이지 않은 것은 당연했다.

그런데 조사를 위해 이야기하다 보니 그게 아니었다.

자신의 물음에 어떤 반항도 하지 않고 진솔하게 진술하고 있었다.

조금 혼란스럽긴 했지만, 지금 와서 생각해 보니 조사 이전에 자신이 본 것은 전적으로 최도형 감찰관의 잘못에서 비롯된 것이란 것을 깨달았다.

'최도형, 그놈이 문제였군!'

재식에 대한 재평가와 최도형 감찰관에 대한 평가를 내렸지만, 백민수는 더 이상 생각을 이어나갈 수가 없었다.

재식이 본격적으로 고블린 던전에 대한 이야기를 꺼냈기 때문이다.

"헌터 협회에 던전을 신고한 보상을 받고, 다른 사냥터를 알아보던 중 이상한 것을 보았습니다."

"그게 뭡니까?"

"고블린들이 오크 무리와 전투를 벌이는 것을 목격했습니다."

"호오."

몬스터들끼리 전투를 벌이는 것을 목격하는 것은 흔치 않은 일이었다.

물론, 몬스터가 생존을 위해 서로 전투를 벌이는 것에 대한 보고가 없지는 않았지만, 지금 재식이 하려는 이야기는 그게 아니었다.

"전투에 승리한 고블린들이 죽인 오크들을 선별해 던전으로 가져가더란 말입니다."

백민수는 아무런 말도 하지 못하고 재식을 빤히 바라봤다. 그 행동의 의미가 도대체 뭔지 알 수가 없기 때문이었다.

"그런데 언덕에 숨어 있던 저를 발견한 고블린들은 저를 무시하고 그냥 가버렸습니다. 오크 시체를 가져가는 게 더 중요하다 생각한 모양인데, 거기에 뭔가 목적이 있는 것 같았습니다."

재식은 당시 자신이 겪은 상황을 떠올리며 설명을 이어 나갔다.

"고블린들이 시체를 선별한 건 사실입니까?"

"네. 확실합니다. 그건 아마……."

재식은 당시 일을 떠올리며 무의식중에 자신의 가슴을 쓸었다.

왠지 자신의 심장에 있는 마정석이 오크 무리를 지휘하던 오크의 마정석인 것만 같았다.

재식은 막연하게 짐작했을 뿐이지만, 사실 그의 생각이 맞았다.

챠콥은 이전에 잡은 헌터들을 이용해 마력 접목 마법진을 시험할 때, 가장 큰 마정석을 사용하지 않고 그보다 작은 것을 사용했다.

하지만 재식의 심정에 그린 마법진은 그동안 실패한 원인을 파악해 개량한 것이라, 실험이 성공할 것이라 확신하고 자신이 가지고 있는 마정석 중 가장 큰 것을 사용한 것이었다.

"실종된 헌터들을 찾아 고블린 던전에 들어갔다가 몬스터의 함정에 빠져 모두 붙잡혔습니다."

"음."

몬스터가 인간을 상대로 함정을 준비했다는 대목에서 백민수는 침음을 흘렸다.

아직까지 학계에선 몬스터가 다양한 능력을 가지고 있음은 맞지만, 대체적으로 힘이 셀 뿐 지능은 인간보단 낮다고 여겼다.

그런데 인간을 함정으로 몰아 산 채로 붙잡았다는 건 놀랄 만한 일이었다.

"아마 정밀 검사를 진행하면 제 심장에 마정석이 있다는
걸 발견하실 수 있을 겁니다."

재식은 이 말을 할까 말까 고민하다, 그냥 사실대로 말하
자 결심하고 조심스럽게 입을 열었다.

어차피 취조가 끝난다 해도 헌터 협회에서 자신의 몸을
검사할 수도 있었다.

그때, 마정석이 발견되면 막말로 영화에서 나오듯 해부당
하지 말라는 법도 없었다.

재식은 헌터가 되기 전에 이와 비슷한 소문을 들은 적 있
었다.

그건 정부에서 비밀리에 몬스터의 마정석을 가지고 생체
실험을 진행한다는 것이었다.

물론, 그 이야기는 거짓말하기 좋아하는 헌터가 재식처럼
헌터에 대해 잘 모르는 사람들을 놀리기 위한 것에 불과했다.

다만, 그런 소문을 단순한 도시 괴담이라 치부하기에는
그동안 국가가 국민 몰래 비밀 실험하던 것이 한두 가지가
아니기에, 몬스터의 마정석을 이용한 생체 실험에 대한 이
야기가 허황되게만 느껴지지 않는다는 게 문제였다.

10. 북한산에서……

넓은 방에 각종 운동 기구와 측정 장비들이 놓여 있었다.

하얀 가운을 입은 연구원들이 태블릿 PC를 들고 체크리스트를 하나하나 살폈다.

그리고 재식은 심폐 기능 측정기 위에서 전신에 전극을 주렁주렁 매달고 달리는 중이었다.

후욱! 후욱!

지금 재식이 달리는 심폐 기능 측정기는 특수하게 제작된 것이라, 일반 트레드밀과는 다르게 시속 40킬로미터로 이상의 속도로 달릴 수도 있었다.

그런데 그보다 더 놀라운 사실은 지금 그 위에서 재식이 정말 시속 40킬로미터로 달리고 있음에도 호흡이 그리 가쁘지 않다는 점이었다.

"40킬로미터에 호흡 변화 없습니다. 심박동 84, 123. 속도를 조금 더 올려 보겠습니다."

재식의 옆에 서서 연결된 측정기의 화면을 들여다보던 연구원이 큰 소리로 말했다.

조금 더 빠르게 트레드밀이 돌아가는 소리가 들리더니 속도 표시 창의 40이란 숫자가 45로 바뀌었다.

후욱! 후욱!

재식은 전보다 조금 더 빠르게 발을 놀렸지만, 재식의 호흡은 크게 흐트러지지 않고 아직도 안정적이었다.

그러자 연구원은 점점 속도를 높였다.

그렇게 재식은 심폐 기능을 측정하기 위해 트레드밀 위에서 시속 60킬로미터로 달리게 되었다.

재식은 시속 50킬로미터부터 조금씩 숨이 가빠지더니, 시속 60킬로미터가 되자 호흡이 눈에 띄게 빨라졌다.

그런데 놀라운 사실은 60킬로미터에 도달해 호흡이 빨라지고 심박동도 상승하긴 했지만, 크게 무리하는 것처럼 보이지 않는다는 것이었다.

사실 재식 본인도 지금 측정하는 심폐 기능 시험을 받으며 깜짝 놀라는 중이었다.

그도 그럴 것이, 지금 재식이 받는 테스트는 작년에 성신 길드에서 몬스터 유전자를 시술받은 뒤 측정한 방법과 같았는데, 당시 심폐 기능 측정에서 재식은 시속 30킬로미터 이상 달리지 못했다.

시속 30킬로미터 정도는 우수한 마라톤 선수보다 빠른 속도지만, 유전자 변형 시술을 받은 중급 헌터의 한계라 보기엔 너무 낮은 수준이었다.

한국에서 가장 많이 시술하는 늑대 유전자를 시술받은 헌터의 경우, 평균 시속 45킬로미터 내외로 달릴 수 있었다.

그에 반해 재식은 최대 속도로 비교해도 느린 편이었다.

그런데 지금은 당시 측정한 속도보다 무려 두 배나 빠른 속도로 달리면서도 보다 안정적으로 달릴 수 있었다.

재식은 그렇게 10여 분을 더 달리고 나서 심폐 기능 측정을 마쳤다.

그리고 나서 곧장 근력 측정으로 넘어갔다.

가장 먼저 한 것은 악력 측정이었다.

재식은 센서가 달린 악력기를 슬쩍 쥐어봤다.

삐!

[110kg.]

'헉!'

측정기의 화면을 보던 연구원이 깜짝 놀라며 숨을 크게 들이켰다.

재식이 낸 기록은 성인 남성이 낼 수 있는 평균보다 두 배가 넘는 기록이었다.

하지만 영장류 중 인간과 가장 유사하다는 보노보노보다는 높았지만, 침팬지보단 낮은 값이었다.

그럼에도 연구원이 놀란 이유는 따로 있었다.

연구원은 재식이 인간이 낼 수 있는 평균값의 두 배를 냈다는 점에 당황한 게 아니었다.

첫 번째는 재식이 평소 낼 수 있는 육체의 힘만 측정한 것이었다.

그렇다는 건 유전자의 힘을 끌어낸다면 그 이상의 측정값이 나오는 건 당연한 일이었다.

"이번에는 최대한 힘을 줘서 해보겠습니다."

재식은 이제 유전자의 힘을 끌어내 최대한 힘을 줘 악력을 측정하려 했다.

재식은 물론이고, 이를 지켜보던 연구원 또한 긴장을 감추지 못했다.

재식이 얼마나 높은 측정값을 낼지 알 수 없기 때문이었다.

연구원들은 재식이 최소한 오랑우탄이 최대로 낼 수 있다는 190kg은 넘길 것이라 생각했다.

물론, 정말 그러한 결과가 나올지는 지켜봐야 할 일이었다.

재식은 50%의 힘을 끌어내 악력기를 쥐어봤다.

사실 처음에는 모든 힘을 쏟아 자신의 힘이 어느 정도인지 알아보고 싶었다.

하지만 곧 그게 위험할 수도 있겠다는 생각이 불쑥 떠올랐다.

괜히 자신의 모든 것을 보여주었다가 정말 해부라도 당할지 모르는 일이었다.

그게 아니더라도 자신의 힘을 눈독 들일 수도 있었다.

그래서 생각을 바꿔 힘을 숨기기로 했다.

한때 재식은 막막한 현실을 벗어나기 위해 판타지와 무협에 빠져든 때가 있었다.

그 당시 재미있게 읽은 무협 소설 안에 이런 내용이 있었다.

고수는 언제나 3할의 힘을 숨기고 있어야 극한의 상황에서 살아 남을 수 있다.

재식은 3할을 숨기는 것이 아니라 5할, 즉 50%의 힘을 숨기자 마음먹었다.

심폐 기능 측정이야 그저 달리는 것이라 숨기고 말고 할 것도 없지만, 근력 측정은 달랐다.

근력은 곧 헌터의 전투력이나 마찬가지였다.

재식이 헌터 협회 소속이라면 얘기가 다르겠지만, 현재 재식은 참고인으로 볼모 아닌 볼모의 상태에서 능력 측정을 받는 중이었다.

그러니 최대한 힘을 숨겨 우선은 협회의 통제에서 벗어나야만 했다.

재식은 있는 힘껏 최선을 다하는 것으로 보이도록 이를 악무는 연기를 선보였다.

삑!

[246 kg.]

"와! 246 kg이라니, 고릴라보다 겨우 80 정도 부족한 거잖아?"

"아무리 유전자 변형 시술을 받았다지만 저건……."

재식을 지켜보던 연구원들이 일제히 놀라며 한마디씩 꺼냈다.

주변에 모여든 연구원들이 하나같이 놀라며 떠들어 댔지만, 그걸 듣는 재식이 더 놀란 상황이었다.

겨우 50% 정도의 힘만으로도 영장류 최고의 힘을 가진 고릴라 다음으로 강력한 악력을 냈다.

만약 자신이 최대치의 힘을 발휘했다면 어떻게 되었을지 궁금해지기까지 했다.

하지만 궁금증은 나중에 알아볼 기회가 있을 터였다.

악력 측정 이후 연구원들은 눈을 빛내며 재식이 하는 모든 측정에 주목했다.

당기는 힘과 미는 힘, 그리고 이를 한순간에 쏟아 붓는 펀치력까지 눈 한 번 깜빡이지 않겠다는 의지로 측정값을 확인했다.

재식은 50%의 힘만 드러냈음에도 불구하고 각 부문별

최고 순위에 있는 동물들에 버금가는 측정값을 기록했다.

그러자 헌터 협회 소속 연구원들은 불가능하다 포기한 몬스터 유전자에 대한 연구를 다시 해야 하는 것은 아닌지 고민했다.

지금껏 자신들은 물론이고, 많은 과학자들이 노력했지만 누구나 부작용을 극복할 방법을 찾아내지 못했고, 실패를 경험할 수밖에 없었다.

일부 실험이 성공한 케이스가 있지만, 그것은 말 그대로 케이스일 뿐이었다.

완벽하게 성공했다고 부르기에는 몬스터 유전자를 시술받고 부작용 없는 사람들이 너무 극소수였다.

그 적은 성공을 위해 안정성이 담보되지 않은 방법으로 수많은 희생자들을 만들어낼 수는 없는 노릇이었다.

게다가 실험에 참가한 사람들이 특별한 사람인지, 단순한 개인차인지 알 수도 없었다.

그뿐만 아니라, 시술에 성공한 이도 기존에 맹수 유전자를 시술받은 헌터에 비해 이렇다할 큰 성과를 내지 못하는 상황이었다.

그렇기에 다들 하나마나한 연구라 치부해 버린 것이었다.

세상은 모든 것이 돈을 중심으로 돌아갔다.

맹수 유전자 연구도 그랬고, 몬스터 유전자를 연구하는 것도 마찬가지였다.

대격변 이전에는 군사 과학 분야에서 인간보다 뛰어난 동물의 능력을 인간에게 접목시키기 위해 천문학적인 예산이 연구 자금으로 투입됐다.

이러한 연구는 윤리적인 문제로 극비리에 진행되었으며, 많은 군인들이 이에 동원됐다가 큰 불행을 겪었다.

그러던 것이 대격변으로 인해 지구상에 인류를 위협하는 이종의 생명체인 몬스터들이 나타나면서 인류는 윤리보단 생존을 먼저 생각하게 되었다.

만약 몬스터가 나타나지 않았다면 유전자 변형 시술은 아직도 극비리에 군사 부문에서 진행이 되었을 것이고, UFO가 그런 것처럼 유전자 변형 시술을 받은 군인들은 민간에 노출되더라도 도시 전설로만 남았을 터였다.

'이거 너무 쉽게 생각한 거 아닐까? 다른 피해자들을 양산하는 계기가 되는 건 아닌지 걱정이네.'

재식은 광기에 번뜩이는 눈빛으로 자신을 바라보는 연구자들을 바라보며 미간을 좁혔다.

대격변의 위기 앞에 세계는 몬스터에 대항할 힘이 필요한 상황에서 인간은 스스로 몬스터가 되는 길을 선택했다.

물론 슈퍼 히어로처럼 특수 능력을 각성하는 사람이 있지만 몰려드는 몬스터에 비해 각성자들의 수는 너무 적었다.

그 빈틈을 유전자 변형 시술이란 첨단 과학의 산물이 메웠다.

그 후, 안정을 찾은 사람들은 유전자 변형 시술에 대한 거부감을 털어냈다.

원래 극비리에 연구하던 동물의 유전자를 인간의 몸에 이식하는 일을 아무렇지 않게 여기게 된 것이다.

그러면서 유전자 변형 시술이 널리 펴졌다.

물론 유전자 변형 시술이라고 부작용이 아주 없어진 것은 아니다.

그마저도 극복할 수 있는 방법을 찾아내 문제가 되지 않을 정도는 되었다.

하지만 시간이 흐르면서 맹수의 유전자만으로는 감당하지 못할 정도로 거대하고 무시무시한 몬스터들이 나타났다.

위험 분류 6등급의 몬스터가 등장하면서 인류는 또다시 공포에 휩싸였다.

4등급까지는 기존의 각성 헌터와 시술 헌터들이 충분히 사냥이 가능했는데, 5등급 몬스터나 6등급 몬스터의 상대로는 한계가 드러나면서 심각한 피해를 입고 말았다.

그 때문에 맹수의 유전자만으로는 안 된다고 생각한 과학자들과 정치인들은 이제는 인류의 적이자 이계의 생명체인 몬스터를 연구했다.

하지만 천문학적인 자금이 들어간 것에 비해 연구는 이렇다 할 성과를 내지 못했다.

몬스터의 유전자는 인류와 맞지 않았다는 걸 증명하는 시간일 뿐이었다.

심각한 부작용만을 남기고 실패한 실험은 모두가 고개를 저어버린 불가능한 영역으로 남았다.

몇몇 인류의 안정을 위한 과학자와 성공하기만 하면 천문학적인 돈을 벌 수 있다는 생각을 가진 자본가를 제외하고는 사실상 손을 놓은 분야였다.

그런데 지금 눈앞에 안정적이고 부작용도 없이 어마어마한 능력을 보이는 이가 나타났다.

연구자들의 마음속에서 욕망이 꿈틀거렸다.

*　　　*　　　*

덜컹.

대문을 열고 안으로 들어간 재식은 마당에 멈춰 서서 주변을 살폈다.

아버지께서 정원 한쪽에 만든 텃밭을 일구실 시간이었는데, 아버지의 모습은 보이지 않았다.

'어디 가셨나?'

아버지의 모습이 보이지 않자 재식은 조금 걱정이 되었다.

비록 완쾌되셨지만, 오랜 시간 병상에 있던 터라 움직이는 것이 많이 불편하셨기 때문이다.

아직도 물리치료와 재활을 위해 통원 치료가 필요한 상황이었다.

특히 쓰지 않던 관절과 근육을 사용하느라 근육이 쉽게 뭉치는 바람에 물리치료를 받기 위해서 자주 병원을 찾을 수밖에 없었다.

'혹시 병원에 가셨나?'

의뢰를 받고 집을 나선 뒤, 2주 만에 집에 돌아오다보니 아버지가 격정이 되었다.

띠띠띠띠!

현관문의 비밀번호를 누른 재식은 집 안으로 들어섰다.

"다녀왔습니다."

큰 소리로 인사하며 거실을 지나 안방의 문을 열어 봤지만, 아버지의 모습은 보이지 않았다.

"으음, 어디 가신 거지?"

거실로 돌아 나온 재식은 벽에 걸린 달력을 살펴봤다.

오늘 날짜에 빨간 동그라미가 쳐져 있지 않은 걸 보니, 오늘은 병원에 가는 날이 아니었다.

불안감에 휩싸인 재식은 꺼놓았던 휴대폰을 켜고 아버지께 전화를 걸어봤다.

신호는 가지만 받지 않으셔서, 이번에는 어머니께 전화를 걸었다.

기본 벨소리가 들리다가 어머니의 목소리가 들려왔다.

[여보세요? 재식이니?]

"네, 어머니. 저 재식이에요."

[아이고, 재식아!]

어머니는 재식의 전화를 받자마자 갑자기 대성통곡하셨다.

이에 놀란 재식은 얼른 어머니를 진정시키며 무슨 일인지 물었다.

"아니, 엄마, 무슨 일이야? 뭐야, 나 없는 사이에 무슨 일이라도 있었어?"

[이놈아, 어디 갔다 이제 온 거야. 흑흑흑.]

[재식이야? 나도 좀 줘봐!]

수화기 너머로 정숙의 우는 소리와 성훈의 목소리가 들렸다.

'휴, 다행히 별일은 없으신 모양이네.'

재식은 그제야 안도의 한숨을 내쉬었다.

하지만 어머니가 자신의 전화를 받자마자 느닷없이 대성통곡하는 이유는 설명되지 않았다.

혹시나 자신이 없는 사이 아버지에게 무슨 일이 벌어진 것은 아닌가 싶었는데, 그건 아닌 게 분명했다.

"두 분 다 어디세요? 집에 오니 아버지가 안 계셔서 놀랐어요."

성훈은 평소 정숙이 일하는 분식집에 나가지 않았다.

그런데 몸이 불편한 성훈이 정숙과 같이 있다는 것이 의아할 수밖에 없었다.

[응. 그게…….]

재식의 질문에 정숙은 잠시 머뭇거리더니 저간의 사정을 설명했다.

재식이 일을 나간 뒤 며칠이 지나도 돌아오지 않자, 정숙은 남부 지부에 가서 재식의 소식을 물었다.

하필이면 재식이 돌아오지 않아, 행방불명된 것 같다는 소식이 막 들어온 날이었다.

"아니, 그 사람들은 내가 헌터 협회 본부에 있다는 이야기도 안 해줬다는 말이에요?"

재식은 어머니의 이야기를 듣고는 황당했다.

최수연이 실종 헌터들을 찾아 복귀했을 때 집으로 연락이 갔어야 옳았다.

뭐, 그때는 집으로 전화가 갔지만 성훈이 텃밭을 일구느라 받지 못했을 수도 있었다.

하지만 재식은 협회 본부에서 지내면서 집에 연락해서 부모님이 걱정하지 않도록 해달라고 수차례에 걸쳐 부탁했다.

그리고 최도형에게서 전화해 뒀으니 걱정하지 말라는 답변도 들었다.

'이럴 줄 알았으면, 무리해서라도 집에 일찍 돌아오는 건데…….'

재식이 헌터 협회 본부에서 깨어난 것이 1주일 전이었다.

그동안 헌터 협회는 자신에 대한 조사가 덜 끝났다는 이유로 몇 번이나 같은 조사를 반복했다.

또 불법으로 몬스터 유전자 변형 시술을 받은 것도 아니고, 연구 목적으로 허가된 곳에서 시술을 받았음에도 협회의 관리를 받지 않았다는 핑계로 각종 검사들을 받았다.

재식은 그때야 비로소 몬스터 유전자 시술을 받은 헌터는 연구소나 길드를 떠날 때 협회에 신고해야 한다는 것도 알 수 있었다.

'아니, 누구라도 집에 전화는 해뒀냐고 물어볼 수 있는 거 아닌가?'

최도형을 믿은 자신의 잘못도 있지만, 검사와 조사를 진행하면서 정작 자신의 부모님께 아무 이야기도 전하지 않았다는 걸 알게 된 재식은 화가 치밀어 올랐다.

'이럴 거면 보안이 어쩌고 떠들면서 통화를 못하도록 막지나 말 것이지.'

자신은 헌터 협회의 요구에 충실히 따라줬는데, 헌터 협회는 자신을 위해 기본적인 조치도 취하지 않은 것이었다.

'하! 이렇게 개판인데, 나보고 헌터 협회에 들어오라고 제안을 해?'

재식은 각종 검사가 끝난 뒤, 더 이상 자신이 뭔가 해줄 필요가 없다는 판단이 서자 당장 헌터 본부 건물을 나섰다.

일주일 동안 협조해 줬으면 자신은 의심을 풀 수 있을 정도로 정보를 넘긴 것이라 생각했기 때문이다.

그런데 건물을 나서자마자 모집관이 따라붙어 헌터 협회 직속 헌터가 되는 것은 어떻겠냐는 제안을 건넸다.

제안을 받았을 때는 조금 솔깃하기도 했다.

그도 그럴 것이, 협회 직속 헌터가 되는 것은 헌터로서 안정적인 직장을 얻는 것이나 마찬가지이기 때문이었다.

헌터가 군에서 민간 부문으로 넘어오던 시기, 정부에서는 헌터 협회를 만들어 통제할 계획을 세웠다.

헌터는 일반인과는 차원이 다른 무력을 가지고 있기 때문에 누군가는 통제해야 한다는 게 정부의 입장이었다.

처음에는 군에서 통제하자는 안이 올라왔지만, 헌터도 어디까지나 대한민국의 국민 중 한 사람이었다.

국민을 지켜야 할 군이 국민을 통제한다는 것은 말이 되지 않는다 하여 새로운 기관이 만들어졌는데, 그것이 바로 헌터 협회였다.

그다음부터는 일사천리로 일이 진행됐다.

헌터는 따로 헌터 라이선스라는 것을 발급받아 헌터 협회에 등록하고 관리 및 통제를 받았다.

군이 헌터를 통제할 때보다 많은 자유가 보장되면서 헌터 산업은 크게 발전하게 되었다.

처음에는 소규모 파티나 공대가 만들어졌고, 그러다 몬스터 헌팅이 돈이 된다는 것이 알려지면서 기업들의 투자가 이어지면서 헌터 길드가 등장했다.

헌터 길드가 등장하자 헌터 협회는 관리하던 헌터들 중 대다수를 길드에 빼앗기고 말았다.

후한 몸값 앞에 협회와의 의리를 지키는 헌터의 수는 그리 많지 않았다.

그러다 보니 헌터 협회에는 사명감이 투철한 헌터들만 남게 되었다.

하지만 헌터 협회에서 그동안 도맡던 게이트 브레이크로 이계에서 넘어온 몬스터로부터 국민을 지키는 일이나, 흘러넘친 몬스터들에게 밀려 빼앗긴 땅을 수복하는 일 등은 줄어들지 않았다.

그러니 헌터 협회에서는 자질이 보이는 헌터만 보이면 협회로 스카웃 제안을 건넸다.

하지만 기업의 후원을 받는 헌터 길드에 비해 국가기관인 헌터 협회가 제안할 수 있는 대우는 그리 좋지 못했다.

당연히 헌터들에게 헌터 협회 소속되는 것은 별로 인기가 없었다.

사실 모집관의 제안도 못 먹는 감 찔러나 보자는 심정으로 그리 한 것이 틀림없었다.

재식은 그때 자신을 향해 사람 좋은 미소를 지으며 제안하던 모집관에게 호감을 느꼈지만, 어머니의 이야기를 듣고 보니 너무 가식적으로 느껴졌다.

그러면서 헌터 협회에 가진 좋은 이미지들이 와르르 무너지고 말았다.

'협회 놈들도 성신 길드 놈들과 다를 바가 없구나.'

※　　　　※　　　　※

"아버지, 어머니. 저 다녀올게요."

재식은 몬스터를 사냥하기 위해 집을 나섰다.

하지만 헌팅을 나서는 재식의 뒷모습을 걱정스럽게 지켜보는 눈이 있었다.

바로 성훈과 정숙이었다.

일주일 전, 2주 만에 돌아온 아들이 또다시 위험한 몬스터를 사냥하러 나가는 모습이 걱정될 수밖에 없었다.

평상시 재식은 무척이나 유능해 저녁 식사 전에는 꼭 집으로 돌아왔다.

몬스터가 위험한 게 하루 이틀 일은 아니지만, 그럼에도 자신은 괜찮다는 믿음을 심어준 것이었다.

하지만 헌터 협회의 의뢰를 받아 조금 늦을 것이라고만 이야기하고 집을 나섰다가 무려 2주가 지나고 나서야 집으로 돌아왔다.

그러자 정숙이나 성훈은 몬스터라는 것이 그 이름처럼 무척이나 위험한 것이고, 자칫 잘못하면 목숨을 잃을 수도 있다는 것을 체감하게 됐다.

몬스터에게 헌터나 일반인이나 마찬가지라는 것을 뼈저리게 깨달았다.

그런데 아들은 또다시 몬스터를 잡겠다고 말을 꺼냈다.

며칠을 매달려 막아봤지만 소용이 없었다.

어디서 나온 자신감인지 아들은 안위를 걱정하는 부모의 만류에도 기어코 몬스터를 잡기 위해 집을 나섰다.

정숙과 성훈은 그저 재식이 무사히 돌아오기만을 바랄 수밖에 없었다.

'어머니, 아버지, 죄송해요. 하지만 제가 할 수 있는 일이 몬스터를 잡는 일뿐이에요. 그리고 죽지 안을 자신도 있고요.'

재식은 자신의 등 뒤에서 걱정스러운 눈빛을 보내고 있을 부모님을 생각하면 발걸음이 떨어지지 않았다.

정말 죄송한 말이지만, 솔직히 이제는 이 일이 좋았다.

백도 없고 돈도 없던 시절, 가장 많은 돈을 벌 수 있는 직업이 몬스터 헌터였기에 무턱대고 이 일을 선택했다.

다행히 소질이 있었는지 짧은 기간에 몬스터를 잡고 레벨을 올렸다.

레벨이 올라가는 것을 보며 RPG 게임처럼 느껴져 더욱 흥미가 생겼다.

운도 따라주는 편이라, 헌터를 하게 되면서 초보 시절에 흔히 겪을 수 있는 사기라든지, 생명의 위협을 받는다든지

하는 일들을 한 번도 당하지 않았다.

게다가 파티나 공대 매칭을 하면 대부분 좋은 사람들과 파티가 되었다.

그러다 보니 긴장이 풀어져 방심하게 되었고, 그 때문에 생체 실험을 당하며 추락했다.

다행히 행운의 여신은 그때까지도 재식을 떠나지 않았다.

어떻게든 살아보겠다고 노력하는 재식이 약간의 노력을 보여주자 큰 행운을 가져다주었다.

미발견 게이트, 바로 그것을 재식의 앞에 보여주었다.

그리고 재식의 행운은 그것으로 끝이 아니었다.

홉고블린 챠콥에게 붙잡혀 또 한 번 마법 실험을 당했지만, 전화위복이 되어 첫 번째 생체 실험에서 가지게 된 부작용을 날려 버렸다.

거기에 더해 재식은 충만한 힘은 물론이고, 챠콥이 가지고 있던 흑마법의 지식 일부를 가지게 되었다.

다만 챠콥이 익힌 흑마법에 대한 지식은 아직까지 머릿속에 들어 있을 뿐이었다.

그것들을 익히기 위해선 돈이 필요했다.

챠콥의 기억을 따라 자신도 흑마법을 익힐 수 있다면, 백강현에게 미치지 못할지언정 그와 비등한 능력을 손에 넣을 수 있을 것만 같았다.

재식이 깨달은 흑마법은 자신의 힘과 함께 사용한다면 커다란 시너지 효과를 볼 수 있기 때문이었다.

부모님이 자신을 걱정하는 것은 알지만, 재식이 힘을 얻기 위해선 돈이 필요했고 그가 돈을 벌 수 있는 수단은 결국 몬스터 헌팅뿐이었다.

＊　　　＊　　　＊

재식은 자신의 낡은 픽업트럭을 몰아 북한산에 왔다.

전에 성신 길드 소속일 때, 실전 테스트를 진행하기 위해 한 번 와본 적이 있던 곳이었다.

트롤은 위험 분류 3등급이지만, 등급에 비해 상대하기 까다로운 몬스터였다.

하지만 가격은 여느 3등급 몬스터보다 훨씬 비싸서 많은 헌터들이 서로 사냥하기 위해 경쟁했다.

그 이유는 기적의 상처 치유제인 포션의 주재료가 바로 트롤의 피이기 때문이었다.

트롤 성체 한 마리에서 얻을 수 있는 혈액의 량은 무려 20리터나 된다.

게다가 트롤은 피만 돈이 되는 것이 아니라, 가죽도 상당한 돈이 되었다.

물론, 상태에 따라 그 가격도 천차만별이지만, 패션 업계에서는 트롤의 가죽을 상당히 고급품으로 취급했다.

그것은 트롤의 가죽이 보냉성과 보온성이 뛰어났고, 웬만한 방탄복보다 더 질기기 때문이었다.

주로 돈 많은 부호들이 이 트롤의 가죽으로 만든 옷을 찾았다.

그러다 보니 트롤의 가죽은 피에 버금갈 정도로 수요도 많고 가격도 높았다.

트롤 사냥이야말로 중급 헌터로서 한몫 잡을 수 있는 기회였다.

다만 한 가지 단점이라면, 웬만한 전력으로는 트롤을 잡기가 힘들다는 것이었다.

트롤의 피가 상처 치료제인 포션의 주원료가 되는 것은 트롤이 자가 치유 능력이 뛰어난 몬스터이기 때문이었다.

닭이 먼저냐 달걀이 먼저냐 하는 말처럼, 자가 치유 능력이 뛰어난 트롤의 피이기에 포션의 재료인 것인지, 포션의 재료로 쓰일 정도로 트롤의 피에 자가 수복 능력이 있는 것인지는 모른다.

하지만 어중간한 상처만 내서는 트롤의 화만 돋울 뿐, 트롤을 잡지 못한다는 건 확실했다.

트롤을 잡기 위해선 강력한 힘으로 단번에 트롤의 목을 자르거나 심장을 관통해 죽이는 방법뿐이었다.

하지만 심장을 관통하는 방법은 헌터들이 애용하지 않는 방법이었다.

아주 초창기에 트롤의 피가 포션의 주재료라는 것이 밝혀지기 전에나 사용되던 방법이었다.

트롤의 피가 포션의 주재료로 비싼 값에 팔린다는 것을 알게 된 헌터들은 트롤의 목을 자르는 방법을 선호했다.

그래야 조금이라도 피를 아낄 수 있기 때문이었다.

"후우, 확실히 몬스터 서식지 안으로 들어오니까 마나 밀도가 높아지네. 게이트 안보다는 못해도 이 정도면 충분하겠어."

챠콥의 지식을 기억하는 재식은 그동안 던전에 들어섰을 때 느끼던 고양감과 어딘가 신선한 느낌을 받은 이유가 차원 게이트가 폭발하면서 이계에서 흘러나온 마나 때문이란 것을 알게 되었다.

재식은 감각이 예민해지면서 이러한 마나의 흐름을 더욱 잘 느끼게 됐었다.

그리고 이런 느낌을 받았을 헌터들이 몬스터 사냥에 열을 올리는 것인지도 모르겠다는 생각을 떠올렸다.

재식은 최대한 발자국 소리를 내지 않으며 걸었다.

처음 북한산을 방문했을 때는 성신 길드의 다른 헌터들도 있었지만, 오늘은 오직 자신뿐이기에 사방을 경계하며 조심할 필요가 있었다.

하지만 최대한 기척을 줄이는 이유가 몬스터의 공격을 받지 않기 위해서만은 아니었다.

사실 더 큰 이유는 다른 헌터들 때문이었다.

헌터의 적은 몬스터뿐만이 아니었다.

같은 헌터에게 죽는 경우도 비일비재한 일상이었다.

특히 트롤처럼 돈이 되는 몬스터를 잡았을 때 그러한 경우가 더욱 빈번했다.

만약 재식이 혼자서 트롤이나 다른 몬스터를 잡았는데, 다른 헌터 파티를 만나게 된다면 무슨 일이 벌어질지 아무도 예측할 수 없었다.

올바른 정신이 박혀 있는 헌터라면 재식을 축하해 주거나, 혼자 몬스터 사냥하는 것에 감탄을 할 것이다.

하지만 반대로 재식이 혼자인 것을 알고 뒤통수를 치려고 기회를 엿볼 수도 있었다.

그러니 조심해서 나쁠 것이 없었다.

스윽. 스윽.

북한산 국립공원, 이곳은 원래 해발 837미터의 그리 높지 않은 산이었다.

그런데 대격변 이후 잦은 차원 게이트 생성과 게이트 브레이크로 지형이 상당히 많이 변하고 말았다.

이제는 북한산 꼭대기에 만년설이 보이고, 공간 왜곡으로 인해 얼마나 넓어진 것인지 알 수 없을 정도였다.

자칫 길을 잃었다가는 빠져나오지 못할 수도 있으니 조심해야 한다.

툭!

재식은 길을 걸으며 100미터 간격으로 준비해온 작은 신호기를 바닥에 떨어뜨렸다.

이 신호기는 일정한 간격으로 신호를 발산하는데, 인간의 귀로는 들을 수 없고 헌터 브레슬릿이나 특수한 장비로만 포착할 수 있었다.

그리고 신호는 일주일이 지나면 끊기는데, 이는 너무 작은 크기의 신호기라 배터리 용량의 한계 때문에 어쩔 수 없는 일이었다.

한참 주기적으로 신호기를 바닥에 떨어뜨리며 걷던 재식은 헌터 브레슬릿에서 신호가 잡히는 것을 확인했다.

'어, 이쪽은 나보다 먼저 온 헌터가 있나 보네.'

자신은 아직 신호기를 뿌리지 않았는데, 신호가 잡혔다는 것은 동종의 신호기를 사용하는 헌터가 이 앞에 있다는 뜻이었다.

즉, 누군가 재식보다 먼저 앞서 지나간 흔적이었다.

신호의 세기를 보니 그리 오랜 시간이 지난 것도 아니었다.

재식은 다른 헌터와 부딪히고 싶지는 않았기에 다른 곳으로 방향을 틀까 했지만, 고민을 거듭하다 먼저 지나친 헌터의 신호를 따라가는 것으로 마음을 바꿨다.

재식은 먼저 지나간 헌터들을 따라잡기 위해 조금 더 빠르게 걸음을 옮겼다.

그럼에도 재식의 발소리는 귀를 기울이지 않으면 들을 수 없을 정도로 미세한 소리만 날 정도로 은밀했다.

그렇게 다른 사람이 떨어뜨린 신호기의 신호를 따라 두 시간 정도 더 산속으로 들어가자 요란한 소음이 들렸다.

크아앙!

분명 트롤이 울부짖는 소리였다.

트롤의 소리를 들은 재식은 더 이상 조심하지 않고 빠르게 달렸다.

잠시 후, 대략 300미터 정도를 달려가자 저 멀리 두 마리의 트롤과 십여 명의 헌터가 대치 중인 모습을 발견할 수 있었다.

'흠, 저 사람들이 두 마리를 전부 잡을 수 있을까?'

트롤이 비록 위험 분류 3등급이지만 무척이나 까다로운 몬스터였다.

원거리 공격이 가능한 각성 헌터가 포함된 파티라면 조금 수월하게 잡을 수도 있지만, 그렇지 않은 경우엔 재생 능력이 뛰어난 트롤을 잡는 게 여간 까다로운 것이 아니었다.

더군다나 이곳은 헌터에게 유리한 지역도 아니었다.

비교적 상위 몬스터인 트롤의 영역이라지만, 다른 몬스터가 이 주변에 없을 것이라고 단정할 수 없었다.

충분한 전력을 준비했다는 가정하에, 상위 몬스터 레이드 중 가장 큰 피해가 발생하는 경우는 대부분이 신속하게 사냥을 끝내지 못했을 때였다.

사냥감이 불러들인 또 다른 몬스터에 의한 습격은 괴멸에 가까운 피해를 만들어내는 게 보통이었다.

더군다나 지금 재식이 바라보는 경우처럼 그 까다로운 트롤이 한 마리도 아니고 두 마리라면 더욱 힘든 사냥이 될 터였다.

지금 트롤과 대치하는 헌터들의 레벨이 어느 정도인지는 자세히 알 수 없지만, 대충 그들이 착용한 장비를 보면 자신보다 높다고 보기도 어려웠다.

재식은 조금 더 그들에게 접근해 보기로 했다.

조금 전에야 몬스터와 조우한 헌터들을 찾기 위해 달린 것이었지, 조금 더 가까이 다가가려면 충분히 기척을 숨길 필요가 있었다.

아무리 몬스터와 조우했다하더라도 헌터들의 감각은 예민해서, 이 정도 거리에서 숲을 달리는 소리 정도는 충분히 포착할 수 있었다.

재식은 아주 은밀하게 몬스터와 헌터들이 대치한 곳으로 접근해 30미터 정도 떨어진 지점에 도착했다.

재식이 그렇게 가까이까지 은밀하게 접근하는 동안, 트롤과 헌터들은 서로를 견제하며 본격적인 전투에 돌입했다.

크앙! 크아!

두 마리의 트롤은 괴성을 질러 헌터들을 위협하며 무작정 달려들었다.

자신들보다 작은 키의 헌터 십여 명 정도로는 별로 위협을 느끼지 못하는지 한 손에 들고 있는 몽둥이를 휘두르며 헌터들의 중앙으로 파고들었다.

쾅!

헌터들은 트롤이 휘두르는 몽둥이 공격을 가볍게 회피하며 간격을 넓혔다.

트롤을 진형의 중앙에 가두며 포진하기 위해서였다.

하지만 일부 헌터는 따로 떨어져 다른 한 마리의 트롤을 격리시키기 위해 움직였다.

한두 번 사냥해본 것이 아니라는 걸 입증하듯, 그들은 마치 톱니바퀴가 맞물려 돌아가는 것처럼 자연스럽게 공격과 방어를 연계했다.

그러면서도 트롤들이 모이지 않게 두 마리를 각각 분리해 레이드를 진행했다.

'이야, 잘하네.'

재식이 그 모습을 지켜보며 든 생각은 별다를 게 없었다.

헌터들의 트롤 사냥은 너무도 순조로웠다.

어느 하나 불협화음을 일으키지 않고 착착 진행되는 모습에 재식은 헌터들이 트롤이 아니라 오크나 고블린처럼 위험 분류가 낮은 몬스터를 사냥하는 것처럼 보였다.

'착용한 장비들을 보면 그리 높은 레벨의 헌터들은 아닌

것 같은데, 정말로 잘하네.'

그렇게 헌터들이 트롤 두 마리를 사냥하는 모습을 몰래 훔쳐보는데, 갑자기 상황이 바뀌었다.

헌터들이 거의 승기를 잡아가던 때, 재식이 숨어 있는 곳에서 열한 시 방향에서 일단의 무리가 나타나 트롤을 잡고 있는 헌터들 속으로 난입했다.

난입한 이들은 하나같이 가면을 쓰고 있어서 얼굴을 확인할 수는 없었지만, 그것만 봐도 그들이 좋은 의도로 나타난 것이 아니라는 건 쉽게 알 수 있었다.

막 트롤의 숨통을 끊으려던 헌터들은 갑자기 난입한 괴한들로 인해 마무리 짓지 못했다.

우선은 괴한들로부터 자신들의 목숨을 지키는 것이 우선이기에 그들은 트롤을 놔두고 괴한들을 상대하기 시작했다.

'저놈들은 뭐야?'

재식은 갑자기 얼굴을 가리고 나타난 무리를 살펴보며 인상을 찌푸렸다.

처음 이곳에 도착했을 때는 트롤과 헌터 무리의 기척만을 느껴졌기에 두 집단의 전투에 신경이 팔려 있었다.

그런데 느닷없이 괴한들이 나타나자 놀랄 수밖에 없었다.

챠쿱에게 실험당하고 헌터 협회에서 정신을 차린 이후, 재식은 자신감에 차 있었다.

그동안 발목을 붙잡던 급격한 체력 소모 문제 때문에 제대로 된 중급 헌터로서 힘을 발휘하지 못했는데, 이제는 몸 안에 마나가 충만하기에 아무 문제도 없을 것이라 여겼다.

더욱이 헌터 협회에서 온갖 측정을 다 받으면서 재식의 자신감은 배가 되었다.

절반의 힘만으로도 연구원들을 놀라게 만들만한 능력을 선보였기 때문이었다.

그런데 재식의 자신감을 한순간에 꺾어버리는 일이 발생한 것이었다.

비록 상당한 거리가 있었지만, 다른 존재들의 흔적을 놓치고 말았다.

재식은 순간적으로 소름이 돋았다.

만약 저들이 자신이 트롤을 상대하고 있을 때 난입했다면 어찌 되었을지는 경험하지 않더라도 충분히 알 수 있었다.

재식이 그런 생각을 하고 있을 때, 저 앞에선 기존에 트롤을 레이드하던 헌터 무리와 트롤 두 마리, 그리고 두 집단 속으로 난입한 가면을 쓴 괴한 일곱 명이 한데 뒤엉켜 난전이 벌어졌다.

〈『헌터 레볼루션』 5권으로 계속…〉

세상의 모든 장르소설

B북스

장르소설 전용 앱 'B북스' 오픈!

남자들을 위한 **판타지 & 무협,**
여자들을 위한 **로맨스 & BL**까지!

구글 플레이에서 **B북스**를 다운 받으시고, 메일 주소로 간편하게 회원 가입하세요.
아이폰 유저는 **B북스 모바일 웹**에서 앱 화면과 똑같이 이용하실 수 있습니다.

http://www.b-books.co.kr

이제 스마트폰에서 B북스로 장르소설을 편리하게 즐기세요.